Blanca Imboden
Ein kenianischer Sommer

PIPER

Zu diesem Buch

Anita hatte sich ihr Leben in Kenia eigentlich ganz anders vorgestellt: als Leiterin einer schönen Ferienanlage, in den Armen eines liebenden Mannes. Aber dann muss sie wegen der politischen Unruhen überstürzt alles aufgeben und alleine zurück nach Europa ziehen. Und da sie kein Geld hat, muss sie auch noch zurück zu ihren konservativen Eltern, wo die Konflikte vorprogrammiert sind. Gut, dass es wenigstens ihre Cousine Tessa gibt, eine lebenslustige Künstlerin voller verrückter Ideen. Als Anita dann auch noch Simon wieder begegnet, einem kenianischen Arzt, der in der Schweiz eine Stelle gefunden hat, ist Afrika mit seiner Lebenslust und seiner Faszination plötzlich wieder ganz nah …

Blanca Imboden, geboren 1962 in der Zentralschweiz, war dreizehn Jahre lang Tanzmusikerin und arbeitet heute bei der Neuen Schwyzer Zeitung. Ihre zweite Heimat ist Kenia. Schon fünfzehn Mal reiste sie durch das ostafrikanische Land, immer abseits von ausgetretenen Touristenpfaden. Ihre Begeisterung für Kenia ist in ihren Büchern spürbar. »Ein kenianischer Sommer« ist nach »Die Kalorien-Königin« und »Die Pralinen-Prinzessin« bereits ihr drittes Buch bei Piper.

Blanca Imboden

Ein kenianischer Sommer

Roman

Piper München Zürich

Mehr über unsere Autoren und Bücher:
www.piper.de

Von Blanca Imboden liegen bei Piper vor:
Die Kalorien-Königin
Die Pralinen-Prinzessin
Ein kenianischer Sommer

Für Sibylle, Sigi, Wilfried und Anna, in Erinnerung an wunderschöne Zeiten in Matuga (Matuga Ocean View)

Für meine Zweitfamilie in Chemogoch, in großer Liebe

Für Petra Allmendinger, Mweiga, in Freundschaft

FSC www.fsc.org
MIX
Papier aus verantwortungsvollen Quellen
FSC® C083411

Originalausgabe
Oktober 2011

Umschlagkonzept: semper smile, München
Umschlaggestaltung: Cornelia Niere, München
Umschlagillustration: Artwork Cornelia Niere; Getty Images / Cavan Images (Frau), Shutterstock (Baum und Muster)
Satz: Kösel, Krugzell
Gesetzt aus der Scala
Papier: Munken Print von Arctic Paper Munkedals AB, Schweden
Druck und Bindung: CPI – Clausen & Bosse, Leck
Printed in Germany ISBN 978-3-492-25929-3

Deine Erinnerungen sind ein Land,
aus dem dich keiner vertreiben kann.

Afrikanische Weisheit

»Wenn man mal kein Glück hat, dann kommt garantiert noch Pech dazu.«

Unglaublich, dass mir gerade jetzt so ein blöder Spruch von meinem Onkel Hugo in den Sinn kommt! Fast entwischt meinen Lippen ein völlig unangebrachtes Lächeln. Dabei gibt es keinerlei Anlass zur Heiterkeit.

Heute Morgen habe ich in Kenia ein Flugzeug bestiegen, das mich von Mombasa nach Zürich bringen soll.

Ich war traurig, verzweifelt, gefoltert vom Abschiedsschmerz.

Abschied von Afrika.

Ich wollte nicht gehen. Ich wollte nicht bleiben.

Ich war aufgewühlt und übernächtigt.

Verletzt.

Immerhin: Ich war nicht selbstmordgefährdet.

Noch nicht.

Dieser Flug aber, der gibt mir nun den Rest. Ich überlege ernsthaft, ob ich wohl schnell und geschickt genug wäre, um die Tür zum Notausgang des Fliegers aufzureißen und einfach hinauszuspringen. Ich stelle mir diesen Tod irgendwie schön vor: Einfach hineinfliegen in die Erlösung, in die Wolken, in den Himmel.

Das Flugwetter ist hässlich. Seit einer Stunde steuert uns der Pilot mitten durch einen heftigen Sturm. Windstöße und Böen schütteln das Flugzeug, wie ich es nie für möglich gehalten hätte. Gegenstände werden durch die Kabine geschleudert. Meinem Nachbarn, einem älteren Herrn, der mir erzählt hat, dass er schon seit dreißig Jahren regelmäßig nach Kenia fliegt, ist eine Flasche Kaffeelikör der Marke Kenya Gold aus dem Ablagefach auf den Kopf gefallen. Seit einiger Zeit rinnt immer wieder ein wenig Blut von seiner Kopfwunde über sein Gesicht und tropft auf sein ausgewaschenes Hawaii-Hemd. Das interessiert allerdings niemanden. Nicht einmal ihn selber, denn er ist vollkommen versteinert in seiner Panik. Er umklammert mit seinen Händen einen Rosenkranz und murmelt irgendwelche Gebete vor sich hin.

Ich frage mich, worum er in seinen Gebeten bittet. Mir persönlich wäre inzwischen ein sauberer, schneller Absturz am liebsten. Ein Ende mit Schrecken.

Mir ist erbärmlich übel. Dieses ständige Schaukeln in alle Richtungen, dieses ruckartige Abfallen der Flughöhe, als würde man in Wolkenschlaglöcher fahren: Wann hat das bloß ein Ende?

Mein Magen ist sauer. Ich glaube, er revoltiert gleich. Gibt es dafür nicht diese weißen Tüten in der Sitztasche vor mir? Ich muss meinen Gurt öffnen, um darin zu wühlen. Gerade als ich das Ding gefunden habe, geht es auch schon los. Und genau jetzt wird das Flugzeug wieder herumgeschleudert, und ich lande mit meiner Tüte auf dem Boden, eingeklemmt zwischen den Sitzen. Ich habe meine Kleider versaut, den Boden beschmutzt und liege im Dreck. Außerdem habe ich mir den Kopf gestoßen, und deshalb bleibe ich einfach liegen, als hätte es gar keinen Sinn mehr, sich wieder aufzurappeln und dem Leben zu stellen.

Kann man noch tiefer sinken?

Eine gefühlte Ewigkeit lang liege ich so da. Ich stelle mich tot, auch innerlich. Ich versuche, in ein imaginäres Mauseloch zu kriechen. Ich hoffe auf die Gnade einer Ohnmacht.

Irgendwann wird der Flug wieder ruhig. Der alte Herr mit dem Rosenkranz hilft mir in den Sitz zurück. Er zieht mich vorsichtig hoch und redet beruhigend auf mich ein. Dann holt er feuchte Tücher und hilft mir, mich und meine Umgebung einigermaßen zu reinigen. Er umsorgt mich wie ein Kleinkind, und ich lasse mich dankbar fallen in seine Fürsorge.

Eine Stewardess kommt und bietet uns Mineralwasser an. Sie sieht auch ziemlich mitgenommen aus, lächelt aber schon wieder sehr professionell. Einzig ihr leicht verschmierter Lippenstift und ein paar wilde Haarsträhnen, die ihr gar nicht korrekt ins bleiche Gesicht fallen, verraten ihren Gemütszustand. Sie klebt ein großes Heftpflaster auf die Schramme am Kopf meines Sitznachbarn.

Das kalte Trinkwasser belebt mich wieder ein wenig.

»Danke«, sage ich zu meinem Betreuer und schenke ihm ein schiefes Lächeln. Er sieht sympathisch aus. Ein alter Mann mit Bauch, aber ohne Haare. Er scheint ein bemerkenswertes Naturell zu haben, denn aus seinen Augen strahlt schon wieder pure Lebenslust.

Wir stoßen auf unser Leben an, auch wenn meines nun zwar vielleicht gerettet, aber immer noch völlig vermurkst ist.

»Ich heiße Lorenzo«, stellt sich der alte Mann höflich vor.

»Ich bin Anita«, antworte ich.

Wir fühlen uns irgendwie verbunden durch das gemeinsam ausgestandene Elend. Aber es ist uns beiden auch ein wenig peinlich, dass wir einander so verzweifelt und in Panik erlebt haben.

»Ich hatte noch nie in meinem Leben so große Angst. Und ich bin immerhin schon siebzig Jahre alt«, gesteht mir Lorenzo, und seine Hand zittert noch immer ein wenig.

»Ich wollte einfach nur noch sterben«, erkläre ich im Gegenzug. Mit besonderer Lebensfreude bin ich im Übrigen auch jetzt noch nicht gesegnet. Aber das muss ich dem Mann ja nicht auf die Nase binden.

Lorenzo hat seinen Rosenkranz weggesteckt.

»Das ist mein Glücksbringer«, erklärt er fast ein wenig verschämt. »Ich habe ihn von meiner Frau bekommen, als sie gerade ihre Krebsdiagnose erhalten hatte. Sie bat mich, damit für sie zu beten. Ich wusste gar nicht mehr, wie das geht.« Er lächelt. »Ich kann das bis heute nicht richtig. Ich spreche einfach meine eigenen Gebete und spiele dazu mit den Kügelchen«, gibt er zu.

»Der Rosenkranz gibt mir das Gefühl, leichter eine Verbindung zu meiner Lucia herstellen zu können. Außerdem sehe ich es nicht ein, warum ich nach strengen Regeln beten sollte. Das artet doch schnell in ein Herunterleiern der Texte aus«, sagt er und lacht auf einmal: »Einem Kenianer würde so etwas im Traum nicht einfallen.«

Da hat er recht. Die würden ihren Glauben und ihre Gebete nie in solche Korsetts zwingen, wie sie uns die Kirche antun will.

Die Stewardessen haben viel zu tun. Sie räumen auf, putzen die gröbsten Missgeschicke weg, leisten Erste Hilfe und beruhigen aufgebrachte Menschen, die sich von ihrem Schrecken kaum mehr erholen können.

Lorenzo holt die Flasche Kenya Gold unter seinem Sitz hervor, die im Sturm so unsanft auf seinem Kopf gelandet war. Die Flasche ist unbeschädigt.

Der alte Mann schaut mich fragend an und wackelt mit seinen buschigen Augenbrauen.

Ich nicke.

Lorenzo gießt den Kaffeelikör großzügig in unsere Wasserbecher. »Das tut unseren Nerven gut«, meint er.

Tatsächlich fühlt es sich gut an, als das süße Gebräu langsam meine Kehle hinunterrinnt. Fast so, als wäre es eine Medizin. Sein Aroma erinnert mich an viele schöne Nächte am Feuer in unserer Ferienanlage Amani Houses. Wenn Gäste da waren, machten wir immer ein Feuer auf dem großzügigen Gemeinschaftsplatz. Nach dem Abendessen saßen wir unter dem Sternenhimmel und tranken ein Gläschen Kenya Gold.

»Ich kaufe den Likör nur aus Sentimentalität. Lucia hat früher immer eine Flasche mit nach Hause genommen. Sie hat Kenya Gold getrunken, wenn sie Heimweh nach Kenia oder einfach einen moralischen Tiefpunkt hatte«, erzählt Lorenzo und schenkt großzügig nach.

So hat jeder seine Erinnerungen. In Zukunft werde ich wohl immer an Lorenzo denken, wenn ich Kenya Gold trinke.

Als die Flugbegleiterinnen das Frühstück servieren wollen, winken wir beide ab. Wir haben bereits auf Flüssignahrung umgestellt. Mein Magen nimmt den Likör erstaunlich gnädig an. Wir lassen uns nur eine Tasse Kaffee dazu einschenken.

Nach und nach trinke ich mir eine wohltuende Gleichgültigkeit an.

Ich rieche schlecht, ich bin erschöpft und ausgelaugt. Sicher sehe ich ganz furchtbar aus.

Egal.

In zwei Stunden landen wir in der Schweiz. Ich war schon seit fünf Jahren nicht mehr im Winter zu Hause. Ich hasse Kälte, empfinde Schnee als ein unnötiges Ärgernis. Und jetzt werde ich wieder bei meinen Eltern einziehen müssen. Ich bin eine Gestrandete, mittellos, frei von jeglicher Perspektive.

Egal.

Ob ich noch irgendwelche Winterkleider von mir auf dem Dachboden finden werde? Ob sie mir noch passen?

Egal.

Werde ich in der Schweiz wieder zurechtkommen, oder bin ich schon »verbuscht«, wie man in Afrika sagt, verdorben für die ach so zivilisierte Zivilisation?

Egal.

»Warum fährst du nach Hause, wenn du den Winter nicht leiden kannst?«, will Lorenzo plötzlich wissen.

»Meine persönliche Eiszeit hat schon vor Monaten begonnen. Da werde ich so einen Schweizer Winter locker wegstecken«, antworte ich, selber nicht überzeugt von meinen Worten.

Aber ich muss ihm schließlich alles erzählen, und warum auch nicht, wo doch das Kenya Gold meine Zunge so wunderbar gelöst hat?

»Ich habe fünf Jahre in Matuga, an der Südküste, gar nicht weit vom Meer, eine kleine Feriensiedlung geleitet. Sie gehörte einem Holländer, Jan. Wir haben perfekt zusammengearbeitet. Ich habe die Gäste vom Flughafen geholt, sie manchmal ans Meer gebracht, kleine Safaris und Ausflüge mit ihnen gemacht. Ich habe das Personal beaufsichtigt, die Touristen unterhalten und ihnen nach Wunsch die

Ferien organisiert.« Fast gerate ich außer Atem, wenn ich alles so aufzähle. »Es war mein Traumjob. Manchmal war es ein riesiger Stress, dann wieder habe ich ganze Tage mein Kenia genießen können. Es hat mich aber auch gefreut, den Gästen die Schönheit des Landes näherzubringen. Der Job war abwechslungsreich. Ich habe nicht besonders viel verdient, aber ich brauchte auch wenig. Und ich durfte da leben, wo ich leben wollte: in Kenia.«

Ich trinke einen Schluck Kenya Gold. Lorenzo ist die Aufmerksamkeit in Person. Er hängt an meinen Lippen.

»Ja, und dann kamen die Präsidentschaftswahlen vom 27. Dezember 2007. Kibaki ließ sich als Sieger feiern. Odinga auch. Die Kenianer waren sich nicht einig, ob Kibaki oder Odinga die Wahlen manipuliert hatte. Wahrscheinlich haben beide betrogen. Es gab beispielsweise eine Provinz mit einer Wahlbeteiligung von über hundert Prozent. Die Wahlen brachten das ganze Land in Aufruhr. Die Stämme gingen aufeinander los, wurden teilweise von Politikern bewusst gegeneinander aufgehetzt.

1500 Tote und über 300 000 Vertriebene zählte man schon im Februar. Ich war schockiert. Nie hätte ich so etwas in Kenia erwartet. An der Südküste blieb es ruhig. Aber es herrschte ein Klima der Angst. Unsere Köchin, eine Kamba, verschwand über Nacht. Sie sei bedroht worden, erklärte sie uns Monate später, als sie einfach wieder vor dem Tor zur Anlage stand.

Natürlich blieben die Touristen aus. Monatelang. Alle Reservierungen wurden annulliert. Die Häuser standen leer. Ich konnte es den Gästen nicht verübeln. Die Bilder im Fernsehen waren grauenvoll. Aber an der Küste war es ruhig. Doch wer konnte in dieser Zeit wirklich Sicherheit garantieren?

Wir konnten das Personal nicht mehr bezahlen. Wir hatten keine Einnahmen mehr. Dazu schossen die Lebensmittelpreise in die Höhe.

Im April bildeten Kibaki und Odinga eine gemeinsame Regierung. Trotzdem: Die meisten Hotels an der Südküste mussten eine Weile schließen. Es gab unzählige Arbeitslose. Die meisten Angestellten hatten ohnehin keinen richtigen Arbeitsvertrag. Von einem Tag auf den anderen hat man sie auf die Straße gestellt. Dabei unterstützte jeder von ihnen auch noch Familienangehörige im Hinterland mit seinem Geld.

In den letzten Monaten sah es aus, als würde es endlich aufwärts gehen. Die Hotels waren wieder in Betrieb. Es gab erste Buchungen auch für unsere Anlage. Im Oktober hatten wir erstmals wieder drei Häuser vermietet. Dann passierte es: Eine Gruppe schwer bewaffneter Männer drang in unsere Anlage ein und hat uns überfallen. Sie haben uns alles genommen: Pässe, Papiere, Geld, teilweise sogar Kleidungsstücke und Schuhe, Kameras, Handys … Mein Chef hatte aus Spargründen nur noch einen Sicherheitsmann am Tor. Der wurde einfach niedergeschlagen. Besonders schlimm war, wie brutal die Männer gegen uns vorgingen. Wir wurden getreten, gestoßen und geprügelt. Wir hatten Todesangst.

Ich konnte ja die Verzweiflung mancher Einheimischen durchaus nachfühlen. Es war eine furchtbare Zeit. Und wo sonst konnte man etwas holen als bei den Weißen? So weit, so gut. Aber warum mit solcher Brutalität?

Unsere Gäste sind so schnell wie möglich abgereist, sobald sie Ersatzpapiere beschaffen konnten. Die Auslastung unserer Anlage, die ausgerechnet Amani Houses, Friedenshäuser, heißt, lebte von Mund-zu-Mund-Propaganda. Jetzt waren mein Chef und ich wirklich am Ende. Der Überfall sprach sich schnell herum. Jan beschloss aufzugeben.

Er brach am Tag nach dem Überfall zusammen. Und ich hatte keinen Wagen mehr, um ihn ins Spital zu bringen, kein Handy, um Hilfe herbeizurufen. Wir fühlten uns entsetzlich verlassen und hilflos.

Ich selber war voller blauer Flecken. Man hatte mich zu Boden gestoßen und dann mit Füßen getreten. Ich hatte versucht, mich vor unsere Gäste zu stellen.

Mich hat der Überfall auch psychisch fertiggemacht. Noch nie hatte ich mit so viel roher, körperlicher Gewalt zu tun. Ich habe seither Schlafstörungen, leide unter Panikattacken. Ich hatte seither keine einzige richtig schöne, entspannte Stunde mehr in Kenia.

Jan ist nun wieder in Holland. Eine Agentur wird

die Siedlung verkaufen. Und ich werde vorübergehend zu meinen Eltern ziehen.«

Ein Traum ist gestorben.

Ein Lebensabschnitt ist vorbei.

Lorenzo ist sprachlos.

Er habe selber im Februar seine Reise nach Kenia annulliert, erzählt er nach einer Weile: »Ich fliege sonst immer zweimal im Jahr hin.« Auch diesmal sei er von den Vorfällen noch so verunsichert gewesen, dass er das Hotel kaum verlassen habe. Er meint: »Es braucht schon noch etwas Zeit, bis man sich in Kenia wieder so sicher fühlt wie früher. Kriminalität gab es ja schon immer. Aber diese Aufstände, das war zu viel. Das lässt sich nur schwer erklären, verstehen oder gar entschuldigen.«

Wir hängen in unseren Sitzen, ein wenig melancholisch, etwas angetrunken und reichlich müde. Bald höre ich Lorenzo vor sich hin schnarchen, und obwohl ich das Gefühl habe, nicht schlafen zu können, schrecke ich doch verdächtig hoch, als durch die Lautsprecher eine baldige Landung angekündigt wird.

Lorenzo und ich tauschen noch schnell unsere Adressen aus. Zum Abschied umarmen wir uns. So ein chaotischer Flug verbindet. Wir versprechen einander, in Kontakt zu bleiben. Lorenzo lebt in Luzern, was nur etwa dreißig Minuten von meinem Wohnort entfernt ist.

»Kwaheri«, ruft er mir nach.

Auf Wiedersehen.

SCHWEIZ

Das Flugzeug landet sicher in Zürich, und bald schon betrete ich auf etwas wackeligen Beinen Schweizer Boden.

Ich friere.

Innerlich und äußerlich.

Eiszeit in jeder Beziehung.

Es ist Nachmittag, und die Schweiz empfängt uns in ihrem schönsten Novembergrau. Düster und erdrückend tief hängen die Wolken über Zürich. Man könnte die Stimmung nur noch mit etwas Eisregen oder Graupelschauer toppen. Es schüttelt mich.

Noch während ich am Gepäckband auf meinen Koffer warte, suche ich durch die Glasscheiben nach meinen Eltern. Sie wollten mich abholen kommen. Mein Herz klopft vor Aufregung ein wenig lauter.

Nein!

Onkel Hugo ist da!

Es ist doch immer das Gleiche. Meine Eltern hatten wieder einmal Wichtigeres zu tun und haben, wie bereits so oft, Onkel Hugo als Ersatz geschickt.

Ich muss ein paar Mal schlucken.

Ich sehe meinen Koffer übers Rollband auf mich zukommen, aber ich lasse ihn einfach noch eine Runde drehen, damit ich mich sammeln kann. Ich zähle von hundert rückwärts. Das tut gut.

100, 99, 98 …

Möglicherweise tue ich Onkel Hugo unrecht.

87, 86, 85 …

Vielleicht verkenne ich, dass er ein echter Freund ist. Aber zu oft habe ich als Kind auf meine Eltern gewartet, und Hugo wurde vorgeschickt: bei meiner ersten Schultheateraufführung (ich spielte einen Baum), bei meinem ersten Musikschulkonzert (ich spielte Blockflöte), ja sogar bei meiner Lehrabschlussfeier kam Hugo, und dabei war ich so stolz auf den besten Lehrabschluss meines Jahrgangs.

80, 79, 78 …

Wahrscheinlich hat er sich nie aufgedrängt, sondern wurde ständig von meinen Eltern delegiert. Vielleicht kann er mich auch nicht sonderlich leiden?

73, 72, 71 …

Ich beschließe hier und jetzt, ihm noch einmal eine Chance zu geben, und winke ihm zu.

Hugos Empfang ist nicht gerade überschwänglich.

»Schnell, schnell, wir müssen weg«, meint er nach einer flüchtigen Umarmung, nimmt mir den Koffer ab und drängt mich zum Ausgang. Kein Wunder: Sein Auto steht direkt vor der Ankunftshalle im absoluten Parkverbot. Immerhin ist es noch da.

Ich schüttle den Kopf über seinen Leichtsinn.

»Ich habe mich in Zürich verfahren, und am Ende wäre ich fast zu spät gekommen«, entschuldigt er seinen ungewöhnlichen Parkplatz.

Nachdem wir losgefahren sind, fragt er: »Kann es

sein, Anita, dass du ein wenig streng riechst? Es ist wohl Zeit, dass du wieder in die Zivilisation kommst.«

Was soll ich dazu sagen? Ich könnte ihm haarklein von meinem Übelkeitsanfall berichten, aber wirklich Spaß macht das ja auch nicht. Und ich habe noch ein wenig Kenya-Gold-Gelassenheit in mir. Nichts und niemand kann mich aus der Ruhe bringen.

Hugo ist inzwischen sowieso beschäftigt. Er muss sich konzentrieren. In Zürich ist der Verkehr dicht und hektisch. Wir Landeier haben immer ein wenig Mühe, uns darin zurechtzufinden.

Als wir dann endlich auf der Autobahn Richtung Schwyz sind, bin ich erleichtert, und auch Hugo entspannt sich ein wenig.

Was wird mich wohl zu Hause erwarten?

Als Dreißigjährige wieder in mein Elternhaus einzuziehen, mittellos und ohne Zukunftsperspektiven, so hatte ich mir mein Leben wirklich nicht vorgestellt.

Ist es das Eingeständnis meiner Niederlage? Habe ich versagt? Wie muss das für meine Eltern sein? Freuen sie sich auf mich?

Seit Jahren leben sie nun alleine in unserem Haus im Grossstein, einem Wohngebiet etwas oberhalb des Dorfkerns von Ibach, aber unterhalb von Schwyz. Die beiden führen seit Jahrzehnten eine Buchhandlung. Seit ein paar Jahren ist diese im Einkaufszentrum Kaufrausch eingemietet. Im Bücherverkaufen sind meine Eltern wirklich gut. Bücher sind ihr Lebensinhalt. Wie sie es geschafft haben, nebenbei auch noch drei Kinder zu zeugen und aufzuziehen, hat mich nachträglich oft gewundert. Wenn ich an meine Eltern denke, dann sehe ich sie immer mit einem Buch: im Urlaub, unter dem Weihnachtsbaum, beim Kochen, auf der Toilette. So bin ich aufgewachsen und wurde automatisch selber ein Bücherwurm. Auch als Teenager gab es für mich nur Bücher. Es war einfach selbstverständlich, dass ich eine Lehre als Buchhändlerin machte.

Erst nach der Lehre kam bei mir die Rebellin durch. Ich hatte eine richtige Wut auf Bücher, als ich merkte, dass das wahre Leben außerhalb von Buchdeckeln stattfand und wesentlich spannender war als in der Literatur. Ich hatte das Gefühl, viel verpasst zu haben, weil ich mich ständig hinter Büchern verkrochen hatte.

Was war ich doch immer für ein braves, pflegeleichtes Kind. Ich hatte ja meine Bücher.

Als Teenager hing ich nie mit zweifelhaften Freunden herum. Ich hatte ja meine Bücher.

Irgendwann lernte ich aber einen jungen Mann kennen, der noch nie ein Buch gelesen hatte und auch noch stolz darauf war. Dafür konnte er verdammt gut küssen. Und ein echter, hingebungsvoller Kuss war schon eine Offenbarung und nicht zu vergleichen mit dem gelesenen Kuss in einem Liebesroman.

Ich war erst zwanzig, als ich mich wie eine Verdurstende ins Leben stürzte und wirklich alles machte, was Gott verboten hat. Als Erstes zog ich zu Hause aus und mietete mich in einer Luzerner Wohngemeinschaft ein. Ich nahm nur noch Gelegenheitsjobs an und ging auf Reisen, sobald ich wieder etwas Geld zusammengespart hatte. Das Reisen wurde zur Leidenschaft, zum Inbegriff des Ausbruchs aus meiner Vergangenheit. Wie wunderbar, die Länder zu riechen, zu fühlen, zu spüren, statt nur darüber zu lesen und sie in teuren Bildbänden anzuschauen!

So kam ich irgendwann nach Kenia, lernte Jan kennen und blieb.

»Du siehst aber schlecht aus, Anita«, meint mein Onkel Hugo wenig feinfühlig, nach einem kritischen Seitenblick. Wahrscheinlich hat er recht.

»Ich fühle mich auch so«, antworte ich knapp.

»Diesmal hast du den Karren ganz schön in den Dreck gefahren, nicht wahr?«, macht Hugo ungerührt weiter.

Gut, dass ich noch meine angetrunkene Gelassenheit verspüre. Ich könnte Hugo vor Augen führen, dass er seit Jahrzehnten der Loser der Familie ist. Sein erfolgreiches Uhrengeschäft hat er schon vor zwanzig Jahren ruiniert. Als seine Frau ihn verließ, hat er wohl erst gemerkt, wie wichtig sie für sein Geschäft gewesen war. Dann hielt er sich mit gelegentlichen Aufträgen mehr schlecht als recht über Wasser. Meine Eltern unterstützten ihn und ließen ihn oft für sich arbeiten. Eine Erfolgsgeschichte sieht anders aus. Jetzt ist er pensioniert und lebt von seiner Rente. Nebenbei repariert er noch immer antike Uhren. Die Kunden kommen zeitweise von weit her mit ihren kostbaren Schmuckstücken angereist, weil er dafür ein Händchen hat, das muss man ihm lassen.

Nach Hause zu kommen, ist immer etwas ganz Besonderes. Diesmal ist es eine äußerst emotionale Angelegenheit. Ich muss schon weinen, als ich die Mythen, unsere Hausberge, die so prägnant über den Talkessel von Schwyz wachen, erblicke. Da sind so viele Ängste in mir. Diese Heimkehr bedeutet auch das Eingestehen einer großen, schmerzhaften Niederlage, das Aufgeben eines wunderschönen Traums.

»Na, jetzt aber«, poltert Hugo, der mit Tränen und Gefühlen schlecht umgehen kann.

»Wem das Wasser bis zum Halse steht, der sollte den Kopf nicht hängen lassen«, lässt er wieder einen seiner gefürchteten Sprüche los und lacht schallend dazu. Aber damit kann ich im Moment besser umgehen als mit Mitleid und Mitgefühl.

Es ist schon dunkel, als wir unser Haus erreichen. Hugo hupt kurz, und schon brennt das Licht auf der Vortreppe, und aus der sich öffnenden Haustür spurtet Kafka, unser Familienhund. Er rennt wie von Sinnen um mich herum, bellt und wedelt, und sobald ich in die Knie gehe und über sein Fell streichle, versucht er, mein Gesicht abzuschlecken.

»Kafka. Wie schön, dass du noch da bist«, sage ich zu dem alten Hund. Er hat mich sofort wiedererkannt.

»Kafka, beruhige dich!«

Mein Vater pfeift Kafka zurück. Meine Eltern wollen mich schließlich auch begrüßen. Wir stehen uns einen Moment lang unsicher gegenüber. Aber dann nimmt mich meine Mutter in die Arme und sagt: »Schön, dass du hier bist, Anita. Es wird alles gut.«

Alles wird gut?

Ich kann es nicht wirklich glauben, und trotzdem ist es wunderschön, dies aus ihrem Munde zu hören. Auch mein Vater drückt mich an sich.

»Mädchen, du brauchst eine Dusche«, sagt er dann lachend und küsst mich auf die Nasenspitze.

Hugo verabschiedet sich.

»Ich erwarte noch einen späten Kunden«, erklärt er.

Mit gemischten Gefühlen betrete ich mein neues altes Zuhause. Alles ist so vertraut und doch irgendwie fremd. Ich bin hier aufgewachsen, aber seit vielen Jahren war ich nur noch eine seltene Besucherin. Jetzt darf ich hier wieder wohnen, bin wieder abhängig von meinen Eltern. Ein komisches Gefühl.

Meine Mutter holt mich in die Realität zurück und erklärt: »Ich bring dich auf dein Zimmer. Dann duschst du in Ruhe, und ich koche uns ein Abendessen. Was meinst du?«

Gute Idee.

Mein Zimmer? Gibt es das noch?

Mein früheres Zimmer liegt im zweiten Stock und ist eine kleine Kammer. Aber, und das hat mich schon als Kind glücklich gemacht, es hat einen kleinen Balkon.

»Ich hatte den Raum inzwischen als Abstellraum benutzt und als Bügelzimmer. Deshalb steht hier jetzt auch ein kleiner Fernseher. Den habe ich dir stehen lassen. Ansonsten sind alle deine Dinge, die du hiergelassen hast, noch immer da. Wir haben nichts verändert.«

Im Badezimmer hat sie mir alles Nötige vorbereitet. Sie hat mir auch einige warme Kleider herausgesucht und in den Schrank gehängt.

»Du kannst auch gleich einen meiner Pyjamas anziehen und so runterkommen. Ein Bademantel hängt im Badezimmer.«

Ich stehe einen Moment lang einfach so da, leicht benommen, unsicher, verloren. Meine Mutter nimmt mich noch einmal in den Arm. »Das wird schon alles wieder«, flüstert sie mir ins Ohr und wiegt mich ein wenig hin und her. Ich rieche ihr komisches, altes Parfum mit der schwermütig-süßen Note. Nur sie alleine riecht so, da bin ich mir sicher. Dieser Duft hat mich durch meine Kindheit begleitet. Er riecht nach Geborgenheit und Liebe.

Bevor ich schon wieder in Tränen ausbreche und mir hier und jetzt das ganze vergangene Jahr von der

Seele weine, setze ich mich in Bewegung. Die heiße Dusche tut mir wirklich gut. Ich weiß es auch zu schätzen, dass es in der Schweiz immer genug Wasser gibt und ich nicht mit jedem Tropfen haushalten muss. Ich lasse es schäumen, duften, perlen und hoffe, dass auch meine trübe Stimmung im Abfluss verschwindet.

»Erzähl mal, wie es dir so geht«, fragt mein Vater beim Abendessen in der Küche. Wo soll ich bloß anfangen?

»Ich kann nicht mehr richtig schlafen. Darum fühle ich mich wohl so krank und erschöpft. Ich fürchte mich im Dunkeln. Ich habe Albträume.«

»Das wird sicher besser, jetzt, wo du hier bist«, meint meine Mutter beruhigend und gießt mir Kaffee ein. Wir essen Röschti mit Landjägern, Käse und trinken Milchkaffee dazu. Das alles schmeckt für mich nach Zuhause.

»Dein Appetit hat jedenfalls nicht gelitten«, versucht mein Vater die Stimmung aufzuheitern.

»Ich weiß nicht, wann ich zuletzt etwas gegessen habe«, verteidige ich meinen Hunger.

»Haben die euch nicht einmal im Flugzeug ordentlich gefüttert?«, fragt er verwundert.

Ich erzähle ihm von dem furchtbaren Flug, von Lorenzo und von unserer Medizin.

Schon legt meine Mutter besorgt ihre Stirn in Falten: »Du fängst doch nicht an zu trinken, Anita? Alkohol ist keine Lösung.«

Ich beruhige sie. Obwohl – gerade wäre mir ein wenig danach ...

Das Essen schmeckt unbeschreiblich gut. »Hunger ist der beste Koch«, würde Hugo jetzt wohl sagen. Aber es liegt auch daran, dass ich zu Hause bin und meine Mutter mir eines meiner Lieblingsgerichte gemacht hat. Mit vollem Magen werde ich plötzlich entsetzlich müde. Ich kann dem Gespräch nicht mehr folgen. Mir fallen mehrmals die Augen zu.

Meine Mutter bringt mich ins Bett, als wäre ich noch ein Kind. Sie bleibt eine Weile am Bettrand sitzen, wie sie es früher immer tat.

»Es tut mir leid, Anita, das alles so gekommen ist. Wir werden dir helfen. Das wird schon alles wieder«, sagt sie und hält meine Hand. Sie hat gepflegte, zarte Hände, und jeder Nagel sieht perfekt aus, lackiert in einem dezenten Altrosa. Meine Hände sind dagegen extrem braun gebrannt.

»Ich lasse das Nachttischlämpchen brennen.«

»Danke, Mama.«

Ach, es tut wirklich gut, sich fallen zu lassen. Zum ersten Mal seit Wochen fühle ich mich sicher und geborgen, und ich schlafe sofort ein.

Mitten in der Nacht wache ich auf, schweißgebadet. Die Albträume sind mir also auch in die Schweiz gefolgt. Ich brauche ein paar Minuten, um die Panik zu überwinden, die mir fast den Atem raubt. Und wo bin ich hier überhaupt? Zu Hause, in meinem alten Zimmer!

Beruhigt mich das? Was soll ich hier?

Ich stehe auf, schüttle mich ein wenig, aber die Gefühle von Angst und Schrecken bleiben.

Ich öffne die Balkontür, und die Novemberkälte erschlägt mich fast. Ich sehe keine Sterne. Nicht einen einzigen. Eigentlich sieht man heute Nacht überhaupt nichts. Der Nebel hat uns eingehüllt.

Nebel.

Ich habe ihn in Afrika nie vermisst. Er ist für mich der Inbegriff von Herbst und Winter in ihrer unangenehmsten Form. Das Gedicht von Hermann Hesse fällt mir ein:

Seltsam, im Nebel zu wandern!
Einsam ist jeder Busch und Stein.
Kein Baum sieht den andern.
Jeder ist allein.
Voll von Freunden war mir die Welt,
als noch mein Leben licht war.
Nun, da der Nebel fällt,
ist keiner mehr sichtbar.

Ich war der ganz große Hit in der zweiten Grundschulklasse. Die Lehrerin wollte wissen, ob eine von uns ein Gedicht kennt, und ich habe dieses Hesse-Gedicht zitiert. Sie holte nach der Pause vier Lehrerkollegen ins Schulzimmer, und ich musste meinen Vortrag wiederholen. Rückblickend verstehe ich, wie schräg ihnen das vorgekommen sein muss: Da steht so ein kleines Mädchen mit roten Locken und Zahnlücken und zitiert mit theatralischem Ernst diese traurigen Zeilen.

Heute würde man vielleicht mit dem Schulpsychologen sprechen und irgendwelche Therapien in Betracht ziehen. Aber man wusste ja, aus welchem Hause ich kam, und so wunderte man sich nur.

Ich war sowieso schon früh eine Außenseiterin. Schließlich konnte ich bereits lesen und schreiben, bevor ich zur Schule ging. Das machte mich nicht gerade beliebt. Und meine roten Haare gaben meinem Image als Sonderling noch den Rest. Dies hatte zur Folge, dass ich meine Nase noch tiefer in Bücher steckte.

Brrr. Schnell schließe ich die Balkontür wieder. Jetzt bin ich wirklich wach. Ich sehe mich ein wenig in meinem Zimmer um. Da hängen sogar noch die Poster an den Wänden, die ich einmal aufgehängt habe. Ein riesiges Bild von R. Kelly hängt über meinem Bett. Damals war ich schon ein wenig in Aufbruchsstimmung.

I believe I can fly
I believe I can touch the sky
I think about it every night and day
Spread my wings and fly away

Wie oft habe ich das Lied mit R. Kelly um die Wette gesungen, ja geschrien. Ich war endlich verliebt und davon wie beflügelt und abgehoben. Ich habe alle

Türen der Welt eingerannt und war überzeugt, nichts falsch machen zu können.

Und jetzt habe ich eine totale Bruchlandung vollbracht.

Nein, ich kann nicht fliegen. Definitiv nicht.

Ich reiße das Poster von der Wand. Auch die süßen Backstreet Boys wandern in den Müll, genauso wie das riesige Bild vom bärtigen Che Guevara mit seiner Mütze. Der kubanische Revolutionär wird von allen als Symbol für ihren persönlichen Widerstand, ihren eigenen Kampf, missbraucht. Ich glaube nicht, dass er Lust hat, von der Wand auf mich herabzuschauen. Jetzt schon gar nicht, wo ich so ein erbärmliches Bild abgebe: nicht der geringste Kampfgeist.

Keine Aufbruchsstimmung. Ein einziges Jammertal.

Ich fange an, meinen Koffer auszupacken. Es sind nur wenige Sachen, die ich nach fünf Jahren Kenia mit nach Hause gebracht habe. Viel habe ich dort nicht gebraucht. Einiges habe ich bei dem Überfall verloren. Mein Handy und mein Laptop fehlen mir am meisten.

Ich wühle hektisch in meinen alten Sachen herum, sortiere Kleider, untersuche alle Schränke und Schubladen. Ich bewundere meine riesige Büchersammlung und drehe und wende meine alten Schinken.

So geht es mir jetzt schon seit Wochen. Ich wache in der Nacht schweißgebadet auf, ein furchtbarer Albtraum steckt mir noch in den Knochen, und dann ertrage ich es nicht mehr, im Bett liegen zu bleiben. Ich wage es auch gar nicht, weil ich Angst vor dem nächsten Traum habe. Ich leide daher unter chronischem Schlafmangel.

Nachts erschrecken mich eigenartige Kratzgeräusche an der Tür. Erlösend fällt mir ein, dass das nur Kafka sein kann. Gerne öffne ich ihm meine Tür. Der kleine Mischlingshund überrennt mich geradezu. Als ich vor ihm kauere, um ihm für seinen Besuch zu danken, wirft er mich um mit seinen ungestümen Liebesbezeugungen. Ich lasse mich auf den weichen Teppich fallen und muss es mir wieder einmal gefallen lassen, dass der komische Hund an meiner Nase leckt. Dann aber, als würde er meine Müdigkeit spüren, oder als wäre er selber kein Nachttier, als wollte er nur endlich, dass im Haus Ruhe einkehrt, kuschelt er sich ganz nahe an mich, legt den Kopf auf seine Pfoten und schläft ein. So findet uns am Morgen meine Mutter: zwei aneinander gekuschelte Bodenschläfer.

»So geht das nicht weiter mit ihr«, höre ich auf dem Weg zur Küche meine Mutter sagen. Sie sitzt mit meinem Vater am Frühstückstisch.

»Sie war die halbe Nacht wach. Am Ende hat sie mit Kafka am Boden geschlafen.«

»Sie muss zum Arzt. Morgen«, beschließt mein Vater.

Ich schüttle nur den Kopf. Tja, ich bin zu Hause.

Es ist wieder klar, wer hier bestimmt. Aber wahrscheinlich hat Papa recht: Ich brauche einen Arzt.

»Tatsächlich habe ich auf dem Boden dann sehr gut geschlafen«, erzähle ich später, bei Brötchen und Kaffee. »Bis Kafka wieder angefangen hat, seine Zunge in meine Nasenlöcher zu stecken.«

Kafka bellt, als er seinen Namen hört, und verzieht sich dann in seinen Hundekorb, wo er sicher auch lieber schläft als auf dem Boden.

Es ist Sonntagmorgen. Wir können also ganz gemütlich frühstücken. Nur mein Vater hat es plötzlich eilig. Er singt im Kirchenchor und muss los. Er war schon immer in vielen Vereinen. Er meint, das sei für einen Geschäftsmann unabdingbar wichtig. Man müsse viele Menschen kennen und alle möglichen Kontakte pflegen.

»Ich sage unserem Doktor, dass du morgen vorbeikommst, wenn ich ihn sehe.«

So läuft das hier.

Meine Mutter muss mir nun erzählen, wie es meinen Geschwistern geht.

Mein Bruder Tom lebt in Berlin als freier Journalist. Er hat Journalismus studiert und ist dann sofort so weit wie möglich von zu Hause weggegangen. Er ist der Einzige meiner Familie, der mich einmal in Kenia besucht hat. Damals habe ich ihm Land und Leute gezeigt, und am Ende hat er mich umarmt und gesagt, dass er meine Liebe zu diesem Land nun verstehen könne und dass er fände, ich hätte für mich genau den richtigen Platz, den passenden Job gefunden. Das hat mir viel bedeutet.

Tom ist heute achtundzwanzig Jahre alt, und er steht mir sehr nahe, obwohl wir uns nur selten sehen. Auch meine Mutter kann mir wenig Neues von ihm erzählen.

»Er kommt ja nie vorbei. Er schickt höchstens mal eine E-Mail«, beklagt sie sich. »Er arbeitet jetzt für Spiegel online. Das soll sehr spannend sein.«

Jenny, meine ältere Schwester, wohnt noch immer hier in der Gegend. Wir beide haben uns noch nie gut verstanden. Sie hatte als Kind eine Lese- und Schreibschwäche. Was für eine Katastrophe in einer Buchhändlerfamilie! Heute würde sie wohl stundenlang therapiert. Damals hat man sie gequält und als faul bezeichnet. Wie hätte sie mich in ihr Herz schließen können, wo ich doch schon lesen konnte, bevor ich zur Schule ging? Ich war einfach nur anwesend bei ihren endlosen Nachhilfestunden und lernte alles vor ihr. Wie muss sie mich gehasst haben, wenn ich dann auf den Familienfesten mit meinen Gedichtvorträgen daherkam. Daran hat sich auch nichts geändert, als ich anfing, sie aus ganzem Herzen zu bewundern. Sie wurde nämlich eine ausgezeichnete Kunstturnerin. Sie reiste in der ganzen Schweiz herum und nahm an Wettkämpfen teil. Wie habe ich Jenny um ihr Hobby und ihren Erfolg beneidet! Schon als Teenager leitete sie Gruppen in ihrem Sportverein. Meine Eltern hatten kaum je

Anerkennung dafür übrig. Sport hatte in ihrem Leben nie einen Platz. Sport sei eine Beschäftigung für Proletarier, hatte mein Vater sogar einmal bemerkt.

Jenny wurde Sportartikelverkäuferin und eröffnete das erste Fitnesscenter in unserer Gegend. Heute ist sie verheiratet mit Jonas, einem sportlichen Frusthaufen, der einst beinahe Profi-Tennisspieler geworden wäre. Ihre Tochter Steffi muss das nun ausbaden. Die Erstklässlerin hat schon diverse Tennisturniere gewonnen.

»Das Mädchen hat sich vor einer Woche ihren Arm gebrochen. Als Jenny anrief, dachte ich zuerst, Steffi sei gestorben, so verzweifelt war sie«, erzählt meine Mutter kopfschüttelnd.

»Nur die Kleine ist nicht verzweifelt. Endlich hat sie ein wenig Freizeit, und der Druck ihrer Eltern lässt nach. Ich habe ihr schon viele Bücher geschenkt. Das sieht Jenny gar nicht gerne. Sie hat wohl Angst, ein bisschen geistige Horizonterweiterung könnte das Kind von seiner Konzentration auf den Filzball abbringen.«

Ja, das kann ich mir vorstellen.

»Du wirst alle bald sehen. Nächsten Sonntag, wenn Dein Vater fünfundsechzig wird. Es gibt ein großes Abendessen. Du wirst die ganze Verwandtschaft treffen.«

Nein.

Ich bin noch gar nicht da. Ich bin krank. Ich bin dem Ganzen nicht gewachsen.

Meine Mutter streicht mir übers Haar und meint: »Das wirst du durchstehen müssen, Anita. Für deinen Vater. Du schaffst das schon. Es dauert ja noch eine Woche.«

Auch die Tochter von Onkel Hugo werde da sein. Immerhin: ein Lichtblick.

Ich habe Tessa seit unserer gemeinsamen Schulzeit nicht mehr gesehen. Sie war eine Außenseiterin, wie ich. Das hat uns damals verbunden. Keine Ahnung, was Tessa heute macht und wo sie lebt. Und meine Mutter scheint nicht viel über die junge Frau zu wissen.

»Sie ist ja als Kind mit ihrer Mutter hier weggezogen. Letztes Jahr war sie plötzlich wieder da. Sie lebt in einem heruntergekommenen Haus und macht irgendetwas mit Kunst.«

Ich würde diese lieben Menschen ja alle gerne wiedersehen. Aber nach und nach, in leicht verdaulichen Mengen. Familienfeste hingegen waren mir schon immer ein Gräuel.

Während der ersten Woche im Haus meiner Eltern falle ich wieder in meine Kinderrolle zurück, bin ganz brave Tochter, und Vater und Mutter bestimmen, wo es langgeht.

Dr. Bruno Betschart, unser Familienarzt und der Freund meines Vaters, verschreibt mir am Montag ein Schlafmittel, untersucht mich mehr als gründlich und nimmt mir das Versprechen ab, mich bei seinem Kollegen, einem Psychologen, zu melden. Hier kommt dann allerdings meine alte Renitenz wieder durch, und ich verschweige Letzteres meinen Eltern.

Meine Mutter geht mit mir einkaufen, weil ich ja keine geeigneten Kleider für den Winter mehr habe. Ohne Gnade schleppt sie mich von Geschäft zu Geschäft, vor allem natürlich zu Leuten, die auch bei ihr Bücher kaufen. Sie schickt mich zum Frisör, weil ich da schon zwei Jahre lang nicht mehr war. Sie hilft mir, die letzten Reste Nagellack von meinen Zehennägeln zu entfernen. Ja, Nagellack an den Zehennägeln, das brauche ich wohl lange nicht mehr, denke ich wehmütig. Das war ein beliebter Zeitvertreib in Kenia: Unsere Köchin Gladys und ich haben uns gerne gegenseitig die Zehennägel bemalt, wenn wir nichts zu tun hatten. Dazu haben wir uns alles Mögliche erzählt, Musik gehört und vor allem viel gekichert und gelacht.

Meine Eltern sind wirklich großzügig, aber auch sehr bestimmend. Ich füge mich und bin dankbar, wie es sich gehört.

Mit den Medikamenten kann ich etwas länger schlafen, bevor mich die Albträume wieder einholen. Aber es reicht nicht, nur die Symptome zu behandeln, das muss ich schmerzlich lernen. Denn am Donnerstag schon muss ich als Notfall zu unserem Hausarzt.

Ich habe seit Montag ständig zunehmende Schmerzen in meinem rechten Arm, die bis in die Schulter streuen. Inzwischen kann ich den Arm kaum mehr anfassen, so sehr tut alleine schon die

Berührung der Haut weh. Dazu kommt ein leichter Ausschlag, der juckt und mich genauso beunruhigt wie die Schmerzen. Auch mein Rücken tut weh.

Dr. Betschart untersucht meinen Ausschlag und hört sich mein Gejammer geduldig an. Ich bitte ihn auch zu berücksichtigen, dass ich aus Afrika komme.

»Es könnte ja irgendeine Tropenkrankheit sein«, mutmaße ich besorgt. »Da gibt es doch beispielsweise so hässliche Hautparasiten.«

Davor hat es mich schon immer geekelt. Es schüttelt mich, wenn ich nur an die Möglichkeit denke, von exotischen Würmern befallen zu sein, die sich in meinem Körper breitmachen und sich fröhlich in meinen Innereien vermehren.

Der Arzt unterdrückt ein Lächeln und fragt: »Hast du den Psychologen aufgesucht, den ich dir empfohlen habe?«

»Nein. Noch nicht.«

Er schiebt seine Brille auf die Nasenspitze und schaut mich mit seinen klaren, durchdringenden Augen an und meint ganz ernst: »Du hast Herpes Zoster.«

Meine Güte! Das klingt ja vielleicht gefährlich! Eine Geschlechtskrankheit? Ansteckend?

»Nur keine Panik«, lächelt er schon wieder und erklärt mir: »Du hast eine hundsgemeine Gürtelrose. Schmerzhaft und blöde, aber auch bei dir ist sie sicher nicht ohne Grund ausgebrochen. Psychischer Stress ist der beste Nährboden für diese Viren.« Er sieht mich freundlich an. »Man muss solch eine

Gürtelrose ernst nehmen. Ich werde dir ein Virostatikum und ein Schmerzmittel verschreiben. Aber dennoch, so leid es mir tut, können die Schmerzen noch wochenlang andauern. Und ich weiß: Das sind ganz schlimme Schmerzen, die vom entzündeten Nervengewebe herrühren.«

Er kramt in seiner Schublade nach einem Stift, schreibt in meine Akten hinein. Dabei brummelt er vor sich hin: »Dummes Kind. Das kommt davon, wenn man nur die Symptome behandelt. Du *musst* zu diesem Psychologen gehen. Aber wer hört schon auf mich. Ich bin ja nur ein alter Mann.«

Im Moment fühle ich mich sehr schlecht, und ich würde ihm alles versprechen, um an die Schmerzmittel zu kommen.

»Sie helfen nicht bei allen, die Tabletten. Aber ich habe noch stärkere Drogen, wenn es nötig wird.«

Bei der Verabschiedung meint er wieder lachend: »Kein Grund, die Familienfeier am Sonntag zu schwänzen. Ich werde auch da sein.«

Er droht mit dem Finger.

Draußen wartet meine Mutter auf mich, sehr besorgt. Die Diagnose schockiert sie.

»Eine Gürtelrose? Mein Gott, was hat Afrika bloß aus dir gemacht!«

Ist Afrika schuld an meiner Gürtelrose? Ich weiß es nicht. Bisher habe ich keinen Schuldigen für mein Elend gesucht. Ich weine auf dem Heimweg leise vor mich hin.

Daheim verkrieche ich mich im Bett. Das Wetter ist sowieso unwirtlich: Regen und Nebel wechseln sich ab. Nicht einmal Kafka will raus. Er schläft gerne neben meinem Bett, wie es scheint. Und sobald ich aufstehe, wuselt er um mich rum. Seine übertriebene Anhänglichkeit liegt wohl auch daran, dass er sonst sehr viel alleine ist oder in der Buchhandlung in einer Ecke auf einer alten Wolldecke hocken muss. Mir tut seine Zuwendung gut.

Ich weiß, ich sollte mir über meine Zukunft Gedanken machen. Ich sollte in der Buchhandlung vorbeischauen, dem Stolz meines Vaters. Ich sollte wahrscheinlich wirklich zu einem Psychologen gehen.

Gut, dass es Krankheiten gibt, hinter denen man sich verstecken kann, die einem Zeit geben. Die Schmerzen sind enorm. Sie überlagern sogar meine psychischen Probleme. Aber die Medikamente machen mich müde, und es gibt Nächte, in denen ich nicht aufwache. Ein Segen.

Am Samstag steht plötzlich mein Bruder Tom vor meinem Bett.

»Anita, hallo Schwesterherz!«, ruft er aus und lässt sich neben mich auf die Decke plumpsen.

»Ich sag es ungern, aber du siehst völlig fertig aus. Trotzdem ist es schön, dich zu sehen.«

Wir umarmen uns.

Es ist gut, dass Tom hier ist.

»Super, dass du morgen dabei bist, bei dem großen Familienfest. Du weißt, mir graut vor so was«, meint er.

»Da geht es mir genauso. Einer spinnt doch immer bei diesen Veranstaltungen. Am Ende wollen noch alle, dass ich ein Gedicht vortrage.«

»Du könntest ja ein paar Reime in Suaheli vortragen. Das würde dieses Thema für immer erledigen, was meinst du?«

»Gute Idee.«

»Wir stehen das gemeinsam durch«, schwört Tom.

»Aber jetzt besuche ich ein paar Freunde in Luzern. Wir können dann morgen zusammen zum Aperitif gehen, was meinst du?«

»Prima.«

Er umarmt mich, und schon ist er weg.

So ist es immer mit meinem Bruder, und darüber beklagen sich meine Eltern auch oft: Er ist ständig unterwegs, meist auf dem Sprung, voller Energie und Elan und Unternehmungslust. Trotzdem: Ich halte große Stücke auf ihn. Er ist mein Lieblingsbruder, wie ich oft betone.

Am Sonntagmorgen tanzen ein paar erste, vorwitzige Schneeflocken vom Himmel. Sicher nur eine kleine Showeinlage zum Geburtstag meines Vaters. Meine Eltern sind furchtbar aufgeregt. Meine Mutter hat sich in eine dichte Wolke ihres süßen Duftes eingehüllt. Sie trägt ein neues Seidenkleid und fürchtet, mit ihren leichten, eleganten Schuhen auf der Straße auszurutschen. Mein Vater trägt seinen schönsten Anzug, der inzwischen überall ein wenig spannt.

Schon zum Frühstück lässt er zur Feier seines Tages eine Wagneroper durchs Haus hallen. Ein paar Walküren singen sich gegenseitig nieder oder kämpfen vielmehr mit vereinten Kräften gegen ein großes, mit vielen Bläsern besetztes Orchester an.

Kafka hat sich unter dem Sofa verkrochen. Er mag es nicht, wenn jemand so laut und hoch singt. Ich würde es Kafka heute gerne gleichtun. Stattdessen ziehe ich das Ensemble an, das meine Mutter mir zu diesem Anlass gekauft hat. Eine braune Strickjacke mit braunem Shirt, alles aus feinstem Kaschmir. Dazu trage ich eine schwarze Hose und – ein bisschen Renitenz muss einfach sein – ein Paar uralte Westernstiefel aus meiner Jugendzeit. Eine Halskette aus Kenia, aus Kokosschalenteilchen, habe ich noch aus meinem Koffer hervorgekramt. Simon, ein kenianischer Arzt, hatte sie mir einmal geschenkt, als wir noch dachten, wir könnten ein Paar werden.

»Wirst du uns heute wieder ein Gedicht vortragen?«, fragt mein Vater gut gelaunt beim Frühstück. Als er meinen bösen Blick sieht, lacht er mich aus.

»Das war doch nur Spaß.«

»Ich wüsste ein schönes Gedicht von Heinz Erhardt«, ruft Tom von der Tür her und durchdringt mit seiner Stimme nur knapp das Trompeten- und Posaunengeschmetter.

»Wenn die Opern dich umbrausen mit Getön, dann genieße auch die Pausen: *Sie* sind schön.«

Tom und ich lachen und kichern und können uns fast nicht mehr erholen. Mir rinnt ein wenig Kaffee aus dem Mundwinkel. Schließlich muss ich husten und prusten. Vater schüttelt nur den Kopf über unser kindisches Benehmen und schaut uns schließlich strafend über den Brillenrand hinweg an.

Das bringt uns gleich zum nächsten Lachanfall, denn wir können uns noch gut daran erinnern, wie uns früher diese eiskalten Brillenrand-Blicke zu Salzsäulen erstarren ließen vor lauter Angst, wir hätten unseren Vater erzürnt. Heute hat er zwar Geburtstag, aber keine Macht mehr über uns. Tom und ich genießen das.

»Wir gehen jetzt zur Kirche«, verkündet Mama. Der Kirchenchor wird singen, und mein Vater ist zum Zuhören verdammt. Dies soll eine besondere Ehre sein. Alle Gäste treffen sich mit Papa in der Kirche. Nur ich bin entschuldigt, weil ich krank bin. Und Tom ist zu meiner Begleitung bestimmt worden, worüber er sehr froh ist.

»Gut, dass ihr nicht mit in die Kirche kommt«, meint mein Vater, wieder gutmütig brummelnd, während er in seinen Mantel schlüpft. »Ihr würdet auch dort nur herumalbern.«

Er schimpft noch vor sich hin, dass er mal mit dem Hausarzt reden müsse. Vielleicht hätte ich die falschen Medikamente bekommen. Aber seine Worte gehen schließlich in einem heftigen Crescendo unter: Alle Musiker singen, blasen, streichen wieder einmal um die Wette. Sogar die Pauken schlagen kräftig zu. Wagner muss etwas an den Ohren gehabt haben.

»Ihr seht sehr, sehr gut aus«, rühme ich das festlich gekleidete Paar. Tatsächlich: Meine Eltern sind ein schönes, elegantes Paar. Und kaum sind sie aus dem Haus, rennen Tom und ich auf den CD-Player los. Wir erreichen den Stopp-Schalter gleichzeitig und bereiten Wagners Walküren ein abruptes Ende. Die Stille im Haus ist wohltuend. Kafka kommt erfreut unter dem Sofa hervor und wedelt mit dem Schwanz. Tom und ich rezitieren im Chor: »Wenn die Opern dich umbrausen mit Getön, dann genieße auch die Pausen: *Sie* sind schön.«

Lachend räumen wir gemeinsam den Frühstückstisch ab. Später spazieren wir durch die Kälte den Hügel hinunter, über die Muotabrücke zum Restaurant Rose. Kafka rennt freudig um uns herum und vor uns her, um uns dann wieder direkt vor den Füßen fast zum Stolpern zu bringen. Ich gelobe, in Zukunft öfter mit ihm ins Freie zu gehen. Das wird uns beiden guttun.

Das Fest ist genauso, wie ich es mir vorgestellt hatte: eine Mischung aus Oktoberfest und Minenfeld. Es beginnt mit einem Hammer: Onkel Hugo kommt in Begleitung einer Frau. Sie ist blond, attraktiv und kommt aus Hamburg. Sie lacht und strahlt, als würde sie die absolute Verblüffung und die versteckte Ablehnung meiner Familie gar nicht wahrnehmen.

Mein Herz erobert Inge im Sturm. Aber meine Eltern begrüßen sie mit einem steifen Lächeln und wissen gar nicht, was sie sagen sollen. Sicher nehmen sie es Hugo übel, dass er sie ohne Vorwarnung an einem offiziellen Fest mit dieser Frau überrascht. Immerhin ist es seit fünfzehn Jahren seine erste weibliche Begleiterin.

Hugo scheint ständig in sich hinein zu lachen und genießt die Situation.

»Wie kann er nur. Wie geschmacklos«, zischt meine Schwester Jenny in mein Ohr. »Der muss wohl unbedingt heute im Mittelpunkt stehen. Das sollte doch Papas Tag sein.«

»Oh, hallo liebe Jenny. Ich freue mich auch, dich zu sehen«, sage ich artig, ihre Worte bewusst ignorierend.

»Hallo, Anita. Wow, du siehst ja wirklich total schlecht aus«, meint sie und küsst mich flüchtig. Ihr Gesicht fühlt sich knochig an, ihre Umarmung hat nichts Herzliches.

Ich würde Jenny ja gerne antworten, dass *ich* wenigstens wüsste, *warum* ich schlecht aussehe.

Aber nein, ich bin heute nett.

Ich halte meinen Mund.

Meine Nichte Steffi wirkt sehr still. Ihr Arm ist eingegipst. Aber traurig scheint sie nicht zu sein. Jonas, ihr Vater, lässt das Familientreffen mit Geduld über sich ergehen, betont distanziert. Wir halten ihn wohl alle von Wichtigerem ab. Schon klar.

Tessa ist die schönste Überraschung für mich. Meine Cousine sieht fröhlich aus. Sie trägt Kleider in schrillen Farben, wild kombiniert, und hat kurze, schwarze Stoppelhaare. An ihren Ohren baumeln gigantische Ohrringe, an den Handgelenken klappern diverse bunte Ringe. Sie ist ein wenig blass und mager, hat sich aber als Kompensation eine Tonne roten Lippenstift auf die Lippen gepinselt.

»Komm sobald du kannst bei mir vorbei«, sagt sie zu mir. »Wir müssen unbedingt unsere alte Freundschaft aufwärmen.«

Na, so richtige Freundinnen waren wir nie. Aber wir könnten es immerhin werden. Sie sieht jedenfalls aus wie die Freundin, die ich jetzt brauchen könnte.

Und dann erzählt sie mir verschwörerisch: »Wie gefällt dir Inge? Ich habe sie im Internet für meinen Vater gefunden. Sie ist klasse.«

Das muss ich eindeutig bejahen.

»Aber wie wird sie wohl Hugos blöde Sprüche aushalten?«, wage ich einzuwerfen.

Tessa lacht nur.

»Da kennst du Inge schlecht. Stell dir vor: Papa muss für jeden Spruch zwei Franken in die Ferienkasse zahlen. Es soll schon recht viel Geld zusammengekommen sein.«

Wir lachen gemeinsam über diese gute Idee.

»Inge plant schon eine Weltreise.«

Ich sitze zwischen meiner Mutter und Tom. Jenny und Familie sitzen mir gegenüber. Während des mehrgängigen Essens kommen immer wieder Gäste zu mir und fragen, wie es mir geht. Sie möchten, dass ich ihnen von Kenia erzähle. Irgendwann scheint das meiner Schwester mächtig auf die Nerven zu gehen. In übertriebener Lautstärke, damit ihre wichtige Meinung auch wirklich alle hören, sagt Jenny: »Wie konntest du auch erwarten, in Afrika leben zu können? Wie naiv muss man sein, zu meinen, anderswo sei alles besser? Uns war das doch allen klar, dass man dort als Schweizerin nicht leben kann. Wir sind einfach ein viel besseres Leben gewohnt, auf einem viel höheren Niveau, in jeder Beziehung. Und wenn ich diese korrupten Politiker im Fernsehen sehe, dann kriege ich die Krätze.«

Das kann ich nicht einfach so unerwidert lassen: »Aber du weißt schon, dass diese zugegeben kriminellen Typen immer auf Helfer angewiesen sind? Und da gehören leider solche Länder wie die Schweiz dazu. Unsere Banken helfen gerne, Gelder verschwinden zu lassen, auch wenn Blut daran klebt, auch wenn Menschen deswegen verhungern, solange sie damit Geld verdienen.«

»Du willst ja wohl nicht der Schweiz die Schuld für das Elend in Afrika geben wollen?«, höhnt Jenny.

»Eine Mitschuld hat Europa mindestens«, antworte ich. »Und eine Mitverantwortung.«

Mein Bruder Tom kommt mir zu Hilfe: »Ich habe erst vor Kurzem darüber geschrieben, dass in Afrika jeden Monat eine halbe Million Menschen sterben, deren Tod sich mit den richtigen Medikamenten meist leicht hätte verhindern lassen. Sie sterben an Malaria, Tuberkulose, Aids, Masern, Tetanus. Gerade mal zwei Dollar pro Jahr stehen einem Afrikaner im Durchschnitt für Medikamente zur Verfügung.«

Dazu fällt mir ein: »Afrika hat drei Viertel aller Aidskranken, aber nur ein Viertel aller Aids-Medikamente.«

Tom bekommt nun Freude am Vortrag: »Aber auch die medizinische Forschung hilft nicht weiter. Neunzig Prozent der Forschungsgelder hier werden für Medikamente investiert, die nachher nur zehn Prozent der Menschen beglücken. Mit den Krankheiten der Armen mag sich keiner groß beschäftigen.«

Dazu sage ich nur: »Man verdient ja auch mehr, wenn man ein Mittel erfindet, das die Zähne weißer macht oder die Haare auf der Glatze wieder wachsen lässt.«

Eine halbe Million Afrikaner sterben jeden Monat! Jeden Monat.

Beim Tsunami 2004 waren es 300 000 Menschen, und die ganze Welt stand Kopf. Gut, man darf natürlich nicht die eine Katastrophe mit der anderen aufrechnen.

Giftig schneidet Jenny uns das Wort ab: »Aber eines könnt ihr ja wohl wirklich nicht wegdiskutieren: Deine lieben Kenianer, Anita, diese wunderbaren Menschen, die haben sich noch vor Kurzem gegenseitig die Schädel eingeschlagen, auf grausamste Weise. Und dies ohne Einwirkung von außen. Und wenn die Kenianer so großartige, zivilisierte Menschen wären und nur arme Opfer, dann wärst du ja heute wohl auch nicht hier.«

Was soll ich darauf antworten? Sie hat ja recht.

Nur tut es sehr weh, es von ihr derart unsanft um die Ohren gehauen zu bekommen. Ich halte die Klappe und beiße auf einem Fingernagel herum.

Einen Moment lang herrscht Stille am Tisch. Es ist mir peinlich. Bin ich schuld an der schlechten Stimmung? Jenny schickt mir vorwurfsvolle, böse Blicke über den Tisch. Meine Mutter zupft nervös an ihrer Serviette herum.

Ich hätte zu Hause bleiben sollen.

Nur Tessa zwinkert mir vom anderen Tischende her zu.

Onkel Hugo rettet mich, weil er wieder einmal zum Anstoßen aufruft und einen Trinkspruch von Theodor Storm zum Besten gibt: »Der Nebel steigt, es fällt das Laub. Schenk ein den Wein, den holden! Wir wollen uns den grauen Tag vergolden, ja, vergolden.«

Und sofort schreien alle, dass er jetzt zahlen müsse. Er habe doch versprochen, keine Sprüche mehr zu machen. Vor allen Gästen überreicht der gut gelaunte Hugo seiner Inge zwei Franken. Dann lacht er zu mir rüber, und mir wird klar, dass er mich ganz bewusst gerettet hat.

Tante Tina, Papas ältere Schwester, ist ein Original. Sie lebt längst im Altersheim und wird nur noch zu besonderen Festen abgeholt. Da sie geistig bereits einigermaßen verwirrt ist, überfordern sie diese Anlässe regelmäßig. Wahrscheinlich würde sie sogar lieber im Heim bleiben. Aber sie weiß, was sich in unserer Familie gehört. Da gibt es kein Entkommen. Außerdem isst sie gerne auswärts. Allerdings trinkt sie auch gerne auswärts. Und so sorgt Tante Tina dafür, dass man mich und das Streitgespräch schnell vergisst. Sie fällt nämlich noch vor dem Kaffee vom Stuhl, und als ihr eine Bedienung beim Aufstehen helfen will, schlägt Tina nach der Frau und beschimpft sie. Sie inszeniert einen regelrechten kleinen Tumult. Während des Kaffees schläft sie dann allerdings ein, und als sich irgendwann unter ihrem Stuhl auch noch eine kleine Pfütze bildet, fangen heftige Diskussionen an, wer denn nun die Tante ins Heim zurückfahren müsse.

Mir geht es nicht mehr besonders gut, und ich versuche, mich unsichtbar zu machen. Ich habe Schmerzen und bin unendlich müde. Manchmal befürchte ich, auch vom Stuhl zu kippen. Aber das muss ich jetzt durchstehen. Familienfeste sind nun mal kein Zuckerschlecken. Ich beobachte und wundere mich nicht einmal mehr. Das ist sie, meine Familie: ein komischer, schwieriger und irgendwo doch liebenswerter Haufen.

Die Schwarzwäldertorte kann ich nicht mehr essen, und ich schiebe sie möglichst unauffällig meiner Nichte Steffi zu. Ich habe nämlich gesehen, mit welchem Heißhunger sie über ihr eigenes Stück hergefallen ist.

Schon bin ich allerdings wieder auf eine versteckte Landmine getreten.

»Wie kannst du nur, Anita! Du weißt, dass Steffi sich gesund ernähren und auf die Figur achten muss. Wie kannst du mir so in den Rücken fallen«, beschimpft mich meine Schwester. »Sie hat das Zeug, einmal eine große Tennisspielerin zu werden. Aber das scheint hier keiner zu respektieren. Du stopfst sie mit Süßigkeiten voll, und Mama gibt ihr ständig Bücher, die sie nicht braucht.«

Darauf fällt mir dann nur eine giftige Bemerkung ein, die ich mir nicht verkneifen kann: »Ach, ich wusste ja gar nicht, dass Bücher Spitzensportlern schaden. Ist ein bisschen Allgemeinbildung im Spitzensport kontraproduktiv?«

Und Tom gibt meiner Schwester noch den Rest: »Du hast doch bloß Angst, sie könnte anfangen, selbstständig zu denken, und merken, dass sie gar nicht Tennisspielerin werden will.«

Wums.

Diese Mine ist voll explodiert.

Jenny stochert mit spitzem Finger in unsere Richtung und keift: »Ihr habt ja keine Ahnung. *Wir* haben eben Ziele und kämpfen dafür. Wir haben dazu noch ein florierendes eigenes Geschäft. Ihr dagegen trödelt bloß in der Welt herum, habt keinen Ehrgeiz und setzt euch einfach wieder bei den Eltern an den Tisch, wenn alles schiefläuft, und ihr schämt euch nicht einmal. Aber immer gleich groß das Maul aufreißen.«

Jenny steht auf, packt ihre Sachen zusammen und verlässt den Saal. Tochter und Ehemann folgen ihr.

Gut, dass jetzt grad der Kirchenchor reinkommt, um ein paar lustige Lieder zu Papas Geburtstag zu singen. Tom und ich nutzen die Gelegenheit, ein wenig vor die Tür zu gehen.

»Du kannst noch so lange weggewesen sein, hier ändert sich nie etwas«, sagt Tom und zündet sich eine Zigarette an. Es ist eiskalt, und doch scheint mir der frische Wind gerade irgendwie gut zu tun. Kafka hat sich uns angeschlossen und schnüffelt neugierig auf dem Vorplatz herum.

»Wenn mir eines in Kenia sicher nie gefehlt hat, dann diese gezwungenen Feste. Diese Zusammenkünfte, die oft gemütlich beginnen, aber meist in kleine Massaker ausarten. Warum ist eigentlich Jenny immer noch so giftig? Wird sie sich nie ändern?«

»Sie hatte eine schwere Kindheit«, sagt Tom, schneidet eine Grimasse und lacht dazu.

»Tom, ich kann hier nicht mehr lange bleiben. Ich habe Schmerzen, und ich fühle mich ziemlich elend.«

Tom legt mir mitfühlend den Arm um die Schulter.

»Da schlage ich doch vor, dass ich dir ein Taxi rufe. Ich werde wohl hier noch die Stellung halten müssen, als einziger Vertreter der Kinder. Aber ich sehe wirklich nicht ein, dass du dich weiter hier herumquälst.«

Kafka rennt wie verrückt um mich herum und wedelt mit dem Schwanz. Er freut sich auch auf sein Zuhause.

Am Montag raffe ich mich endlich dazu auf, unserer Buchhandlung einen Besuch abzustatten. Es ist ja nur ein kurzer Fußmarsch zum Einkaufszentrum. Ich bin schockiert, wie das riesige Gebäude bereits leuchtet und glitzert, als wäre morgen schon Weihnachten – und als gäbe es danach nie mehr ein weiteres Weihnachtsfest. Sogar das letzte, magerste Bäumchen im Freien ist gnadenlos mit Lichtern behängt worden und steht kurz vor dem Zusammenbruch. Dazu werfen Scheinwerfer abwechselnd schrille Farben auf das Gebäude. Das Einkaufszentrum gefällt mir sonst ausnehmend gut. Hier ist alles so sauber und gepflegt. Auch wenn ich in Kenia manchmal das Handeln gemocht habe, ist es doch auch entspannend, wenn alles seinen festen Preis hat und sich der auch nicht verändert, je nachdem, ob ich nun weiß oder schwarz bin. Und dass ich einfach Ware betrachten kann, ohne ständig vollgequatscht und später verfolgt zu werden. Aber ich lasse mich nicht von den Angeboten verführen. Ich suche meine Eltern.

Im Buchladen selber begrüßt mich Vroni, unsere langjährige Angestellte, fröhlich. Meine Eltern sind gerade im Lager.

»Oh, wie schön, fängst du schon heute an? Das ist großartig. Ich habe wirklich darauf gewartet.«

Wie bitte? Arbeite ich hier? Weiß sie mehr als ich?

Ich ahne, dass meine Eltern wieder einmal über meinen Kopf hinweg für mich Entscheidungen getroffen haben.

Vroni, der wohl meine Verwirrtheit aufgefallen ist, entschuldigt sich: »Ich dachte ja nur. Ich habe natürlich schon gesehen, dass du erst ab Dezember im Arbeitsplan eingetragen bist.«

Ich lasse mir den Plan zeigen. Ich bin als Vollzeit-Angestellte eingeteilt worden.

Ich schüttle den Kopf. Warum wundert mich das überhaupt? Und andererseits: Ich habe keinen Job. Ich brauche einen Job. Also, was soll's? Sicher wäre ich gerne gefragt geworden, aber ich bin wieder zu Hause, liege den Eltern tatsächlich auf der Tasche, wie das Jenny schon so nett bemerkt hatte. Also werde ich nun halt in die Pflicht genommen.

Neugierig schlendere ich die riesigen Bücherwände entlang, bleibe an den Wühltischen stehen. Die Faszination der Bücher, ihre Schönheit, die große Auswahl: Doch, irgendwie packt es mich wieder. Meine Eltern haben eine sehr schöne Buchhandlung. Sie haben ja auch schon immer ihre ganze Energie in ihr Geschäft gesteckt.

Jetzt kommen sie mit einem Rollwagen voller Bücherkisten aus dem Lager zurück. Sie freuen sich, mich zu sehen.

Aber hat meine Mutter nicht verweinte Augen? Benimmt sie sich nicht eigenartig?

Ich täusche mich bestimmt. *Ich* bin doch die mit den Problemen.

Was für Probleme sollte *sie* denn haben?

»Ich arbeite bei euch?«, frage ich meinen Vater und klimpere ein wenig mit den Wimpern.

Er wird durch meine Frage nicht im Geringsten verunsichert.

»Ach, ich wollte noch warten, bis du gesund bist, um mit dir darüber zu reden. Aber du weißt ja, für das Weihnachtsgeschäft brauchen wir immer zusätzliche Angestellte. Also bietet sich das doch an, nicht wahr?«

Ich müsse nur sagen, wann ich bereit sei, anzufangen.

Nach meinem Willen wird gar nicht erst gefragt.

Ich habe zwar noch immer Schmerzen, manchmal sehr heftige. Aber es kommt mir doch so vor, als würde dieser Job mir ein wenig helfen, in die Normalität zurückzufinden. Lange werde ich hier nicht bleiben. Aber es ist eigentlich eine ideale Übergangslösung.

»Ich kann nächste Woche anfangen. Gib mir einfach noch diese Woche, Papa.«

»Das ist prima. Dann kann Mama auch mal ein paar freie Tage nehmen. Sie hat in letzter Zeit zu viel gearbeitet.«

Wenn mein Vater das sagt, dann muss es aber ziemlich hart gewesen sein. Ich nehme mir vor, meiner Mutter mal auf den Zahn zu fühlen, was denn überhaupt los ist. Da stimmt doch etwas nicht. Freie Tage! So etwas gab's doch für meine Mutter früher auch nicht.

Kafka zerrt an mir herum. Er will weiter. Draußen ist es aber heute auch ausnehmend schön. Die Luft ist beißend kalt, aber der Himmel blau, und die Sonne scheint. So lässt sich auch der Herbst ertragen. Ich beschließe, einfach mal nachzuschauen, wo Tessa eigentlich wohnt.

Meine Güte! Nach einer halben Stunde Fußmarsch stehe ich fassungslos vor einem alten Haus. Ja, sie hat ein eigenes Haus. Das schon. Aber dieses Haus mutet beinahe ein wenig afrikanisch an. Es ist extrem klein und total verwittert, die Farbe an den Fensterläden abgeblättert, die Treppe zum Eingang völlig schief. Das Haus ist lediglich eine etwas bessere Holzhütte. Große, mächtige Bäume umgeben es, aber so ohne Blätter machen diese auch nicht viel her.

Ob das Dach noch dicht ist? Friert man hier nicht Tag und Nacht?

»He, da draußen! Kommt gefälligst rein, wenn ihr schon hier seid!«

Tessa hat ein Fenster geöffnet und winkt. Sogar Kafka sträubt sich ein wenig, die lotterige Treppe zum Hauseingang hochzuklettern. Aber wenn ich es muss, dann auch er.

»Was für eine Überraschung!«

Tessa freut sich wirklich, umarmt mich und knuddelt meinen Hund. Das Haus hat eine ganz besonders gemütliche Atmosphäre. Es gleicht auch im Inneren einer einfachen Hütte. Aber es überrascht mit seinem Charme.

»Man hat über mich gelacht, als ich das Haus gemietet habe. Aber es ist so billig, und ich kann hier tun und lassen, was ich will. Im Sommer habe ich einen herrlichen Platz im Freien, wo ich gerne arbeite oder kleine Feste feiere. Im Winter ist das Ganze mit Arbeit verbunden, weil ich mit Holz oder Holzkohle heizen muss. Aber das geht schon.«

Tessa trägt eine Schürze, und diese ist bekleckert mit allen Farben.

»Ich male grad mal wieder«, entschuldigt sie ihre Aufmachung.

»Kommt ihr noch kurz mit ins Atelier?«

Wir klettern eine weitere Treppe hinauf. In ihrem winzigen Atelier unter dem Dach stehen viele Bilder herum. Ich bin total überrascht: Nur traurige, weinende Frauen.

»Ach, das hat dir noch keiner erzählt?«

Tessa spült ihren Pinsel aus und erzählt: »Es war ein Zufall. Ich hatte ja gar keinen Erfolg mit meinen Gemälden. Aber als mich mein Mann verlassen hatte, da habe ich meine ganze Trauer auf die Leinwand geknallt. Man hatte mir gerade eine Ausstellung angeboten, und ich beschloss, meine Trauer zum Thema zu machen. Eine Journalistin einer Frauenzeitschrift war von meinen gemalten Tränen ergriffen. Echt, sie fing auf der Vernissage an zu weinen. Das steckte noch andere an. Es war verrückt. Plötzlich war ich interessant und bekam viel Aufmerksamkeit in den Medien.« In der Kunstszene, da wundere sie gar nichts mehr. »Es geht doch längst nicht mehr um Können, sondern um die richtige Vermarktung«, schimpft sie. Inzwischen seien alle Aussteller nur an ihren Tränen-Bildern interessiert.

»Gut, vielleicht sollte ich mich nicht beklagen, wo doch der Rubel so schön rollt.«

Aber irgendwie fühle sie sich in ihrer Künstlerehre gekränkt.

Wir klettern die steile Holztreppe in ihr kleines Wohnzimmer hinunter. Kafka legt sich gleich wie eine Katze vor den Kachelofen, der eine wohlige Wärme ausströmt. Ich aber bin hin und weg von der schönen Stube und schaue in jeden Winkel. Sie ist klein, und viele Bilder haben da nicht Platz. Aber Tessa zeigt hier ihr Können, scheinbar nur für Insider. Hier hängen Landschaftsbilder, Sonnenblumen, lachende Menschen genauso wie abstrakte, wilde Farbexplosionen. Ihre Vielseitigkeit beeindruckt mich.

»Ach komm! Vielseitigkeit ist nun mal gar nicht gefragt. Dann heißt es doch gleich, der Künstler habe keine Linie, keinen Stil, keinen Wiedererkennungswert«, meint Tessa verlegen, als ich anfange, ihr Komplimente zu machen. »Mit Können allein schafft man es heute nicht mehr, zu überleben.«

Der Nachmittag bei Tessa geht schnell rum. Wir

lachen, wir finden sofort den gemeinsamen Nenner. Sie hört mir zu, ich höre ihr zu. Wir werden Freundinnen. Und eine Freundin kann ich wirklich brauchen in dieser kalten Zeit hier.

»Was, du wirst wieder Buchhändlerin?«, fragt Tessa schockiert, als ich ihr von meinem unfreiwilligen Job erzähle.

»Pass auf dich auf! Du hattest andere Pläne. Das bist nicht du.«

»Ja, aber wohin hat mich das bisher gebracht?«

»Na, du musstest eben zuletzt einen Rückschlag einstecken. Aber das ist doch nicht das Ende. Du wirst doch nicht deine Abenteuerlust, deine Freiheitsliebe begraben wollen?«

Sie schaut mich so schockiert an, dass ich lachen muss.

»Ich werde dir einen Mann suchen«, sagt Tessa wild entschlossen. Schon für ihren Vater, meinen Onkel Hugo, habe sie im Internet Inge gefunden.

»*Das* war eine schwierige Aufgabe, glaube mir. Für dich wird das eine viel leichtere Übung.«

Ich versuche ihr zu erklären, dass ich im Moment komplett andere Prioritäten gesetzt hätte.

»Aber ich darf mich doch ein wenig im Internet umschauen für dich, oder?«

Ich zucke nur die Achseln. Soll sie doch.

Gerne ziehe ich schließlich wieder heimwärts. Die Schmerzen in meinem Arm sind groß, der Juckreiz meldet sich auch schon wieder. Kafka scheint ebenfalls keine Lust mehr zu haben und zieht kräftig an der Leine. Ich muss mich richtig bemühen, Schritt zu halten.

Meine Mutter sieht beim Abendessen immer noch so mitgenommen aus. Mein Vater tut so, als wäre alles wie immer und fragt mich nach Tessa aus. Aber als er sich dann in den Schachclub verabschiedet, fühle ich meiner Mutter auf den Zahn.

»Nein, es ist alles in Ordnung. Ich habe nur ein wenig Kopfschmerzen, Anita, wirklich«, wiegelt sie ab. Typische Frauenausrede. Nicht mit mir.

»Du hast heute geweint. Und das kommt sehr selten vor, soweit ich mich erinnern kann. Also erzähl mir nichts von Migräne!«, kontere ich ein wenig erbost.

Mama fängt an, den Tisch abzuräumen, und hantiert hyperaktiv in der Küche herum, um mir ausweichen zu können. Aber ich verfolge sie hartnäckig.

Irgendwann entdecke ich wieder Tränen in ihrem Gesicht. Wir setzen uns noch einmal an den Küchentisch.

»Ich bin enttäuscht und wütend«, gibt sie schließlich zu und knüllt und knetet ihr Taschentuch.

»Ferdinand hat, obwohl ich immer dagegen war, unser Geld in Aktien angelegt. Und jetzt sausen alle Werte in den Keller. Aber nicht nur das: Er hat Lehman-Brothers-Aktien gekauft! Wir haben 30000 Franken unwiderruflich verloren!«

Sie hätten doch beide all die Jahre so unglaublich viel und hart gearbeitet.

»Wir haben keine Reisen gemacht, die Freizeit war knapp. Die Buchhandlung stand immer über allem. Und jetzt, wo es ohnehin schwieriger wird, Bücher zu verkaufen, verspielt Papa unsere Ersparnisse.«

Am meisten beschäftige sie der Vertrauensbruch. Sie habe genauso viel gearbeitet, sogar ihre eigenen Lebenspläne hintangestellt. Es sei genauso *ihr* Geld gewesen. Aber Papa habe eigenmächtig entschieden und gehandelt, wie eigentlich immer.

»Du kennst ihn ja«, schluchzt sie resigniert.

Ja, ich kenne ihn. Aber es kommt mir vor, als würde meine Mutter ihn erstmals mit anderen Augen sehen, nach all diesen Jahren. Sie hat ihn noch nie vor mir kritisiert, stand immer wie eine Eins hinter ihm. Wieso entdeckt sie erst jetzt seine Charakterschwächen? Er war schon immer ein Despot, ein Macho, wenn auch ein meist liebenswerter.

Ich halte meine Mutter in den Armen und bin sprachlos und erschüttert.

Mein Vater hat in dieser Woche vier Banktermine. Aber er kann sein Geld nicht retten. Gewisse Aktienverluste müsse man aussitzen. Es könne ja wieder alles besser werden. Aber die Lehman-Brothers-Bank, die gibt es nun mal nicht mehr. Diese Aktien sind nur noch Altpapier.

Wenn wir uns zu den Mahlzeiten in der Küche treffen, ist die Stimmung gezwungen normal. Man redet über dies und das, und trotzdem stehen die

Probleme meiner Eltern fast greifbar wie ein Koloss mitten auf dem Küchentisch.

Ich versuche, mich um mich selbst zu kümmern. Ich ruhe mich aus, nehme brav alle vorgeschriebenen Tabletten und bemühe mich, gesund zu werden.

Mein Vater hat mir einen Turm von Büchern auf meinen Nachttisch gelegt. Aber über Afrika ist nichts dabei, und noch habe ich keine Lust, etwas über andere Themen zu lesen. Ich habe mir den Job ja nicht ausgesucht. Ich werde mich schon wieder einarbeiten. Irgendwann.

Täglich schaue ich kurz bei Tessa vorbei. Sie tut mir gut. Sogar Kafka freut sich immer auf die Besuche bei ihr. In ihrer Stube mutiert er jeweils zur Hauskatze und liegt auf der Ofenbank, bis wir wieder heimwärts ziehen. Manchmal würde ich am liebsten gleich bei Tessa bleiben.

Meist sitzt sie am Computer, wenn ich zu Besuch komme. Tessa scheint internetsüchtig zu sein, was sie gar nicht gerne hört. Aber sie kennt sich auch wirklich aus in dieser Welt.

»Ich habe meinem Vater eine Frau gefunden«, betont sie, als gebe ihr das die Berechtigung, halbe Tage am Computer zu verbringen. »Ich bin auch schon für dich auf der Suche, liebe Anita«, sagt sie immer wieder, und in meinen Ohren klingt es gefährlich nach einer Drohung.

In einer schwachen Stunde hat sie mir tatsächlich das Versprechen abgenommen, ich müsse mich mit mindestens drei Männern treffen, die sie für mich aussuchen würde. Allerdings erst im Dezember, wenn ich wieder gesund sei und arbeiten könne.

Manchmal habe ich ein mulmiges Gefühl in der Magengrube. Irgendwann wird es wirklich Dezember, und ich werde gesund. Tessa wird nicht locker lassen. Ich kenne sie.

Mit wem wird sie mich verkuppeln wollen? Mit einem anderen Buchhändler? Wer passt denn überhaupt zu mir? Wie sollte er sein, mein Traummann?

Ich musste diese Frage bereits Tessa gegenüber versuchen zu beantworten. Das fiel mir schwer. »Humorvoll und zärtlich sollte er sein. Dazu darf er nicht konservativ und festgefahren sein. Er muss wie ich die Freiheit lieben, begeisterungsfähig sein, Ideale und Ideen haben, Fernweh und Abenteuerlust.«

»Ha, da muss ich ja lachen. Wo ist denn deine eigene Abenteuerlust geblieben?«, spottet Tessa.

Das trifft mich.

Sie lenkt sofort ab.

»Anita, ich habe dir eine CD gebrannt. Du wirst sie lieben. Hör sie dir zu Hause in Ruhe an.«

Eine CD? Bücher. Musik.

Man versucht, mich aus meiner trüben Gedankenwelt zu holen. Aber ich kann meine Vergangenheit nicht einfach vergessen. Ich war zu glücklich in Kenia. Und zu unglücklich.

»Da war sicher ein Mann. Dieser Jan wahrscheinlich?«, will Tessa neugierig wissen.

Nein, wirklich nicht.

»Jan war ein Freund und mein Chef. Mehr war da nie. Ich hatte mal eine Weile eine Beziehung zu einem einheimischen Arzt.«

Es war einfach schön mit ihm. Wir verstanden uns so gut, über all die kulturellen Differenzen hinweg. Es war erstaunlich.

»Aber Simon wollte leider unbedingt möglichst bald in Europa arbeiten, und ich konnte das nicht verstehen, bei den Missständen in Kenia. Er wurde so sehr gebraucht. Außerdem wollte *ich* ja in Kenia bleiben. Er hat sein Land nicht mehr ertragen, ich habe es über alles geliebt. Es musste einfach auseinandergehen.«

Natürlich konnte ich nachvollziehen, dass er in dem maroden Gesundheitssystem nicht arbeiten wollte und keine Zukunft sah. Es war ungemein frustrierend, wenn ständig Medikamente, Geräte, Geld fehlten und man so oft nicht helfen konnte. Das war auch der Grund, warum er sein Land, vor allem natürlich die Regierung, nicht mehr ertragen konnte.

»Das Geld wäre da, aber es wandert in die falschen Taschen«, sagte Simon immer wieder, Tag für Tag, manchmal verzweifelt, wütend und oft resigniert. Er war eben sensibel, feinfühlig. Genau die Eigenschaften, die ich so an ihm liebte, hatten ihn fortgetrieben von mir.

»Kein Problem, ich finde einen anderen Mann für dich«, muntert mich Tessa auf.

Zu Hause lege ich die CD in die kleine Stereoanlage in meinem Zimmer. Wunderbar bekannte, geliebte Songs bringen mich zum Weinen. Wie konnte Tessa diese Lieder finden? Sie kennt sich im Internet wirklich aus. Es sind zwei Kompositionen auf der CD, die speziell während der Unruhen in Kenia aufgenommen worden sind und zu Frieden und Einheit aufrufen. Ich habe sie damals ständig gehört und mitgesungen. »Wakenya Pamoja« heißt das modernere, das viele kenianische Stars gemeinsam gesungen haben. Und das nicht weniger eindrucksvolle von Eric Wainaina heißt »Daima«.

Ich liege auf dem Bett und höre afrikanische Musik. Ich bin ein wenig traurig, spüre eine Art Heimweh, eine Sehnsucht. Da bekomme ich plötzlich Lust, endlich einmal Lorenzo anzurufen, meinen Bekannten aus dem Flugzeug.

»Ciao, bella Anita«, antwortet er fröhlich auf meinen unerwarteten Anruf. »Bist du schon wieder zur Schweizerin mutiert, oder wandelst du noch zwischen den Welten?«

»Zwischen den Welten? Das hast du schön formuliert. Ja, ich hänge noch zwischen den Welten«, antworte ich lachend.

Ich erzähle, was ich erlebt habe. Auch Lorenzo berichtet ein wenig von seinem Alltag. Dann verkündet er: »Ich habe im Januar wieder eine Reise nach Kenia gebucht. Schließ dich doch an!«

Ich beneide ihn.

»So weit bin ich noch lange nicht.«

»Immerhin hörst du schon kenianische Musik«, meint Lorenzo. »Das ist doch ein Anfang.«

Er hat die CD von Tessa im Hintergrund gehört und richtig identifiziert.

»Hast du mitbekommen, dass Amerika bald einen kenianischen Präsidenten bekommt?«

»Das glaube ich erst, wenn es so weit ist. Die wählen doch nie im Leben einen Schwarzen.«

»So schwarz ist Obama nun auch wieder nicht. Nur ein ganz kleines bisschen«, meint Lorenzo und lacht.

Dann verabschiedet er sich, weil er an der Volkshochschule Zürich einen Suaheli-Kurs belegt hat und sein Zug bald abfährt.

»Kwaheri«, lacht er. Auf Wiedersehen.

Irgendwann werde auch ich wieder nach Kenia gehen.

Bestimmt.

Eines Tages.

Ein Wochenende trennt mich noch von meiner Rückkehr in den Buchhandel.

Am Freitagabend kommt überraschend mein Bruder Tom zu Besuch. Es ist wie vorgezogene Weihnachten, denn er kommt mit diversen Paketen daher. »Ich habe ein Survival-Paket für dich«, meint er und packt aus.

Tatsächlich bringt er mir die Dinge, die mir gerade am meisten fehlen: einen Laptop und ein Handy.

»Es ist alles gebraucht, aber in gutem Zustand. Du kannst endlich wieder ins Internet und so deine Kontakte nach Kenia pflegen.«

Ich bin sprachlos. Begeistert.

»Für meine Kontakte zu meinen kenianischen Freunden ist das Handy fast wichtiger. Das sind doch alles echte SMS-Freaks. Ich danke dir so sehr, Tom. Du bist ein Schatz!«

Ich umarme meinen Weihnachtsmann.

»Ich hoffe, wir können so auch wieder besser Kontakt halten«, sagt Tom.

Beim Abendessen kommt das Gespräch auf meinen bevorstehenden Job in der Buchhandlung Fröhlich. Tom ist zuerst ein wenig schockiert. Aber dann meint er: »Das ist vielleicht gar nicht schlecht. Es ist zurzeit nicht selbstverständlich, einen Job zu haben. Meine Aufträge von den Zeitungen kommen immer spärlicher. Es wird überall gespart. Die Wirtschaftskrise hat sich auf die Zahl der Inserate niedergeschlagen. Das ist wiederum die wichtigste Einnahmequelle der Zeitungen. Jetzt vergeben sie ihre Aufträge natürlich zuerst intern. Als freier Journalist ist es im Moment verdammt schwer.«

Er lacht und meint, irgendwann werde er dann auch in der Buchhandlung arbeiten wollen.

»Also schaut, dass der Laden läuft. Gebt euch Mühe. Wirtschaftet den Laden nur nicht herunter.«

Meine Eltern schauen sich an, und ihre Blicke sind unergründlich. Ob sie an das verlorene Kapital denken? Machen sie sich Sorgen, dass die Wirtschaftskrise auch den Buchhandel treffen könnte?

Tom, der völlig unbefangen ist und von allem nichts weiß, streut noch eine Tonne Salz in die Wunden. »Habt ihr schon von dieser Neuerfindung gehört? Es gibt jetzt ein digitales Gerät. Darauf kann man über zehntausend Bücher speichern und diese auch direkt aus dem Internet günstig herunterladen. Es ist flach und leicht und wirklich ideal für einen Urlaub. Zu Hause würde ich natürlich weiterhin lieber ein richtiges Buch lesen.« Noch sei das Ding recht teuer, wie immer, bei Neuheiten. »Aber ich werde mir sicher irgendwann eines kaufen«, erklärt Tom mit Begeisterung.

Meine Mutter verlässt den Tisch mit einer Ausrede, aber mir sind die Tränen in ihren Augenwinkeln nicht entgangen. Tom hört nicht auf, von seiner Neuentdeckung zu schwärmen, bis ich ihn unter dem Tisch heftig ans Schienbein trete. Er stutzt ein wenig und sagt dann betreten: »Ja, für den Buchhandel ist die Erfindung vielleicht nicht so gut.«

Papa meint dazu: »Schon das Internet hat uns viele Kunden genommen, vor allem die jungen. Manchmal ist es schon ein Kampf.«

Papa schiebt seine Brille auf der Nase herum und streicht seine wenigen Haare von links nach rechts und dann wieder zurück. Er wirkt ein wenig müde. Nach einem fahrigen Blick zur Uhr verabschiedet er sich. »Wir haben heute die Generalversammlung des Schachclubs.«

Papa ist dort Schriftführer. Beziehungen pflegen, lautet die Devise.

Mein Bruder ist voller Fragezeichen und versteht die Welt nicht mehr.

»Seit wann ist die Arbeit in der Buchhandlung ein Kampf? Was ist bloß mit Papa los? Bisher war doch die Buchhandlung sein einziger großer Lebenstraum. Er konnte gar nicht genug dafür arbeiten.«

Ich versuche, ihm Dinge zu erklären, die ich selber auch nicht genau verstehe.

»Am meisten erstaunt mich ja, dass diese Geldmisere Mama irgendwie die Augen geöffnet hat. Plötzlich sieht sie Papa so, wie er schon immer war. Und plötzlich scheint es sie zu stören«, beschreibe ich meine Eindrücke.

Es hätte wohl bessere Zeitpunkte gegeben, um in der Buchhandlung meiner Eltern zu arbeiten. Die Stimmung wird nicht gerade gut sein.

Am Abend nehme ich in meinem Zimmer erstmals wieder Kontakt zu Kenia auf. Unsere Köchin, Gladys, stand mir immer so nahe. Ihre Handynummer habe ich noch, und ich melde mich per SMS. Die Antwort kommt umgehend. Sie arbeitet jetzt in einem Hotel, in dem es ihr gar nicht gefällt. Aber sie hatte viel Glück, diesen Job zu bekommen. Wir versprechen uns gegenseitig, in Kontakt zu bleiben.

Es tut gut, wieder eine erste Annäherung an Kenia gemacht zu haben. Mein Herz klopft wie wild. Zum Einschlafen höre ich die Kenia-Musik von Tessas CD.

Ich kann erstmals ohne Schmerzmittel einschlafen und ohne Albträume durchschlafen.

Am Sonntag versuche ich, Jan zu erreichen. Aber es klappt nicht. Dafür gebe ich Lorenzo meine Handynummer.

»Hast du gehört, dass die in Kenia versuchen, die Unruhen aufzuarbeiten? Und es geht nur deshalb nicht vorwärts, weil zu viele Männer aus der Regierung darin verwickelt waren«, meint er und ärgert sich.

Er verspricht mir, mich demnächst in der Buchhandlung zu besuchen.

Als ich am Abend vor Tessas Haustür stehe, höre ich sie telefonieren und denke, dass ich vielleicht besser noch einen Moment warte, bevor ich anklopfe. Dadurch werde ich Zeugin eines Gespräches, das mich fast wieder rückwärts die Holztreppe hinunterwirft.

»Jaaa, zeig ihn mir! Oh, ah, er ist ja so groß. Ich habe noch nie ein so großes Ding gesehen. – Ja, aaaaah. Ganz wie du möchtest. Dann lege ich mich auf den Küchentisch. – Jaaaa, nimm mich von hinten. – Ohhh. – Aaaah. – Mmmmh. – Es macht so viel Spaß mit dir. Ja, ja, ja. Oh. AAAAAH. – Alles klar? Tschüs Roger, es war schön mit dir, bis bald mal wieder.«

Ich klopfe an und bin völlig verwirrt von dem, was ich gehört habe.

»Komm rein! Die Tür ist offen«, ruft Tessa.

Ich trete ein wie eine Schlafwandlerin. Tessa ist wie immer, locker und herzlich. Sie umarmt mich und lacht und freut sich, dass ich da bin. Aber wir sind Freundinnen. Ich kann einfach nicht so tun, als hätte ich nichts gehört.

»Tessa, entschuldige, ich habe grad ungewollt dein letztes Telefongespräch mitgehört.«

Ich schaue sie fragend an, und jetzt wird sie doch etwas verlegen.

»Ach, ich hatte nur vergessen, mich auszuloggen.«

Ausloggen?

»Ich mache manchmal ein paar Stunden Telefondienst für eine Sex-Hotline.«

Sie lacht mich aus, weil ich so schockiert bin.

»Ich bin die blonde Lola, die einfach alles mitmacht«, haucht sie, einen Werbespot imitierend, mit tiefer, wollüstiger Stimme. »Ich erfülle alle deine geheimsten Wünsche.«

Ich bin platt.

Warum bin ich nur so schockiert? Ich bin doch sonst auch nicht prüde? Es kommt völlig unerwartet. Irgendwann fange ich an zu lachen. Ich stelle mir vor, wie Tessa vor der Staffelei ihren Pinsel schwingt und dazu über ihr Handy irgendwelche Typen befriedigt.

»Du bist wirklich eine verrückte Nummer, Tessa. Wie bist du bloß darauf gekommen?«

Wir sitzen in der kleinen, gemütlichen Stube am Kachelofen, und Tessa gießt Tee in unsere Tassen.

»Als mein Mann mich verlassen hat, habe ich erstmals unsere Telefonrechnungen zu Gesicht bekommen und festgestellt, dass er ständig solche Nummern besucht hat, der Mistkerl. Und dabei hatte er immer wieder darauf herumgehackt, ich würde zu viel Geld ausgeben. Ich war so wütend. Und ich wollte mehr wissen über dieses Gewerbe.« Sie habe ein wenig im Internet geforscht. »Finanziell ging es mir damals gar nicht gut. Ich bekam Kontakt zu einer Frau, die so eine Hotline-Firma leitete und einen kleinen Mitarbeiterstab hat. Irgendwann hat sie mir angeboten, es auch einmal zu probieren.« Der Verdienst sei gar nicht schlecht gewesen. »Und ich kann arbeiten, wann ich will. Gut, je regelmäßiger ich erreichbar bin, desto mehr Stammkunden habe ich.«

Stammkunden?

»Ja, das macht es leichter. Bei denen weiß ich jeweils schon, was sie wollen. Sonst gibt es schnell mal Missverständnisse, und die Typen legen einfach auf, wenn ihnen etwas nicht passt oder ich unvorsichtigerweise mit einem falschen Wort die Stimmung kaputt mache.«

Stimmung?

»Ich wüsste gar nicht, wie ich das anstellen sollte, und was die Männer erwarten«, gebe ich zu bedenken.

»Grundsätzlich sind die Anrufer einfach gestrickt. Ich habe mir allerdings zuerst Pornovideos ausgeliehen, um mich weiterzubilden. Und anfangs haben einige Männer bei mir schnell wieder den Hörer aufgelegt. Und darum geht es schließlich: dass sie eben *nicht* auflegen.«

Ich habe noch immer unendlich viele Fragen. »Du hast den Typen vorhin mit seinem Namen angesprochen!«

»Das hat doch nichts zu bedeuten. Er ist ein Stammgast. Er nennt sich Roger. Ich nenne mich Lola. Was soll's.«

Tessa zieht mich in die Küche, wo sie alles für ein Käsefondue vorbereitet hat. Das habe ich tatsächlich in Kenia vermisst. Obwohl so eine heiße Käsemasse bei dreißig Grad im Schatten vielleicht nicht ebenso gut schmecken würde wie hier, wo es winterlich kalt ist. Sie rührt fleißig in der Fonduepfanne herum und erhitzt ein Fertigfondue, während sie mich anweist, Brot und Weißwein in die Stube zu bringen. So muss ich aufhören mit meiner Fragerei. Wir essen dann still und tunken genüsslich unsere Brotstücke in den flüssigen Käse.

»Weißt du, sie sind mitten unter uns, die Männer, die Sex-Hotlines anrufen«, erzählt sie lachend.

»Da war doch neulich unsere Kirchenuhr kaputt. Sie schlug immer drei Mal, egal, welche Uhrzeit wir hatten. Ich war im Gespräch mit einem Kunden und höre die Uhr drei Mal schlagen. Es war aber 19 Uhr!« Tessa lacht, und ihre Ohrringe klimpern fröhlich. »Da wusste ich, der Mann ruft aus unserem Dorf an und kann gar nicht weit weg von der Kirche wohnen.«

Schließlich bittet sie mich, meine Entdeckung für mich zu behalten. »Mein Vater wäre empört. Und mein Image als Künstlerin würde leiden. Sollen doch ruhig alle denken, ich könne alleine von meinen weinenden Menschen leben. Das macht sich gut.«

Ich schwöre den Freundinnen-Schwur.

»Und du fängst also morgen an zu arbeiten.«

Sie sagt es mit vollem Mund, auf einem Brotstück herumkauend. Es klingt irgendwie bedrohlich. Ich ahne schon, was jetzt kommt.

»Du hast mir zugesagt, dich mit drei Männern zu treffen. Ich werde jetzt den ersten aussuchen. Eine Vorauswahl habe ich schon getroffen.«

Ich verdrehe verzweifelt meine Augen.

»Du hast es mir versprochen!«

Ich müsse keinen davon unbedingt heiraten, aber eine Stunde müsse ich schon jedem einräumen.

»Und wenn schon der Erste ein Volltreffer ist, dann musst du natürlich keine anderen mehr treffen.«

»Ja, ja, ich lache dann zu Hause«, antworte ich genervt.

Ein Volltreffer? Beim ersten Rendezvous? Wer glaubt denn so etwas?

Außerdem bin ich doch gar nicht wirklich auf der Suche nach einem Mann. Ich habe mich selber doch gerade irgendwie verloren.

»Können wir die drei nicht gleichzeitig bestellen? Dann hätte ich es hinter mir.«

»Nein, Anita. Und ein bisschen ernst nehmen könntest du das Ganze schon. *Ich* nehme es ernst. Und ich finde deinen Traummann.«

Wie kann sie da so sicher sein? Langsam wird sie mir unheimlich.

»Du weißt ...«, fängt sie wieder an.

»... ja, ja, du hast sogar für deinen Vater eine Frau gefunden«, beende ich den Satz für sie.

Den Wiedereinstieg als Buchhändlerin hatte ich mir leichter vorgestellt. Ich kenne ja nicht einmal mehr die Bestseller! Und das neue Buchungs- und Bestellsystem auf dem Computer ist mir völlig fremd. Das ständige Stehen macht mir Mühe. Abends bin ich immer völlig erledigt. Die Stimmung zwischen meinen Eltern ist spürbar verändert. Meist bin ich froh, wenn ich mit Vroni eingeteilt bin. Sie geht auch am lockersten mit meinem Unwissen um und führt mich in jeder ruhigen Minute wieder in die Welt der Bücher ein. Mit wenigen Sätzen fasst sie für mich ganze Romane zusammen, damit ich sie besser verkaufen kann. Sie hat Humor, und es macht ihr genauso viel Spass wie mir, Leute zu beobachten.

Einmal stößt sie mich mit ihrem spitzen Ellbogen an.

»Schau mal, der Mann dort drüben, dieser ganz biedere«, raunt sie mir zu. Ich schaue, und mir fällt nichts auf. Ein Mann in ausgebeultem Anzug schaut sich bei uns um. Wahrscheinlich möchte er sich ein Buch kaufen.

»Wetten, dass er den neuen Bildband ›Freude am Sex‹ kaufen wird? Er streicht die ganze Zeit drum herum. Aber er kommt natürlich erst an den Ladentisch, wenn hier weit und breit kein anderer Kunde mehr ist.«

Der Biedere will sich in sexuellen Praktiken weiterbilden? Nein, das glaube ich nicht.

»Der sucht sicher nach der Ecke mit den Briefmarkenbüchern«, wage ich einzuwenden.

»Wir haben längst keine Briefmarkenbücher mehr«, erwidert Vroni.

Dann ist das Geschäft plötzlich menschenleer, und der Biedere bummelt gar nicht mehr entspannt herum, sondern schnappt sich das Buch und legt es auf den Ladentisch. Vroni scannt es schnell ein und steckt es sofort in eine Tüte, als hätten die beiden das alles verabredet oder würden es jeden Tag so machen. Der Biedere zahlt und ist wie der Blitz verschwunden.

»Der hat ja jetzt auch viel zu tun«, lache ich und staune über Vronis Menschenkenntnis.

Eines Morgens kommt ein Paar zu mir an die Kasse. Die beiden kaufen irgendein Buch über Gartenarbeit.

»Grüner Daumen für grünes Gemüse.«

Gäääähn. Ich tippe, sie zahlen.

Dann folgt meine obligatorische Frage, ob sie das Buch in einer Tüte haben wollen, und ich schenke den beiden mein nettestes Lächeln.

»Ja«, sagt er.

»Nein«, sagt sie gleichzeitig.

Ich halte inne in meinen Bewegungen, wie ein Roboter auf Stand-by, schaue erwartungsvoll von einem zum andern.

»Wir brauchen sicher keine Tüte. Daheim stapeln sich die Dinger schon«, sagt sie bestimmt.

»Meine Güte. Die kosten doch nichts. Ich will doch nicht mit dem Buch unter dem Arm durchs ganze Kaufhaus gehen«, erklärt er genervt.

»Schämst du dich, wenn du ein Buch trägst? Ist das etwa unmännlich? Aber wenn ich einen Einkaufswagen voll Bier herumfahren muss, ist das kein Problem?«, kontert die Frau bissig.

»Wieso musst du aus jeder kleinen Frage gleich eine Debatte machen? Es geht doch nur um eine winzige Tüte!«

»Es geht immer nur um irgendetwas.«

Tief in meinem Innern bahnt sich ein Lachkrampf an. Ich trete mir selber ans Schienbein, sodass es wehtut.

»Dann lassen wir das Buch eben hier«, meint die Frau eingeschnappt.

»Wieso? Genau dieses Gartenbuch wollten wir schon immer haben. Nur weil du keine Tüte haben willst?«

Ich schalte auf Durchzug und überlege gerade, welches Buch ich den beiden wirklich empfehlen könnte. Wie wär's mit »Ehescheidung leicht gemacht« oder »Alleine bin ich besser dran«?

Gott, jetzt war ich ein paar Sekunden unkonzentriert und habe die entscheidenden Momente der Entscheidung verpasst. Der Mann reißt mir das Buch aus den Händen, und die beiden verlassen den Laden, streiten aber weiter.

Ich schüttle mich. Böse Schwingungen. Die beiden haben es sicher auch schwer, wenn sie gemeinsam im Garten arbeiten. Auch da gibt es massenhaft Gründe, um zu streiten. Soll man die Bohnen links oder rechts vom Kohl anpflanzen? Bei Vollmond oder bei Halbmond? Die Kapuzinerschnecken vergiften oder in biologischen Fallen ertränken?

Ich fange an, die Landkarten zu sortieren. Das Ehepaar geht mir trotzdem nicht aus dem Kopf. Ja, eine Beziehung wäre schon schön. Aber nicht um jeden Preis.

Ein alter Mann bringt Vroni und mich dann einen Tag später dazu, Tränen zu lachen. Er betritt den Laden mit schlurfenden Schritten, stützt sich auf einen Stock beim Gehen. Dann steht er vor dem Ladentisch und ist völlig durcheinander. »Jetzt habe ich total vergessen, was ich bestellen wollte«, sagt er und greift sich an den Kopf.

Wir rätseln eine Weile mit ihm herum, versuchen durch Ausschlussverfahren irgendwie näher an sein Buch heranzukommen. Keine Chance. War es ein Roman, ein Sachbuch, ein altes Buch, ein neues Buch, ein Bestseller? Ein dickes Buch, ein dünnes, eines mit Bildern?

Es wird mir langsam selber peinlich. Der alte Mann tut mir leid. Er entschuldigt sich immer wieder, und als er sich schon abwendet, um den Laden wieder zu verlassen, entschließt er sich, noch einmal zurückzukommen.

»Ich erzähle euch jetzt einen Witz.«

Vroni und ich schauen uns entgeistert an. Hoffentlich kann er sich am Ende an die Pointe erinnern.

»Ein Mann trifft seinen Freund. Er erzählt diesem, dass er eine Fee getroffen habe. Diese habe ihn vor die Wahl gestellt: Er könne einen dreißig Zentimeter großen Pimmel bekommen oder ein gutes Gedächtnis. Da fragt der Freund: ›Wofür hast du dich entschieden?‹ Antwortet der Mann: ›Ich kann mich nicht mehr erinnern.‹«

Dann schlurft der Alte einfach aus dem Laden und lässt uns lachend zurück. Dieser Auftritt war echt klasse. Wir können uns fast nicht mehr beruhigen. Schön, wenn man von den Kunden so gut unterhalten wird. Hut ab, wenn man mit eigenen Schwächen so gut umgehen kann.

Ein paar Tage später ruft Tessa mich an.

»Heute findet dein erstes Blind Date statt. Er heißt Florian. Mehr brauchst du nicht zu wissen. Er trifft sich mit dir in Brunnen in der Bar des Waldstätterhofs um 19.30 Uhr.«

Zuerst möchte ich ihr gerne von meinen schmerzenden Beinen vorjammern, vom Vorweihnachtsstress in der Buchhandlung erzählen. Aber ich weiß: Das hat keinen Sinn. Sie wird ewig auf meinem vorschnell gegebenen Versprechen herumreiten.

»Ja, ich werde dort sein«, verspreche ich, ohne Begeisterung.

»Mach dich hübsch, benimm dich und versprich mir, dass du mich nach dem Treffen anrufst, egal um welche Uhrzeit!«

Ja, ja.

»Ich schicke dir auch eine Einladung zu unserer Hochzeit. Versprochen«, spotte ich.

Am Abend fahre ich mit dem Bus nach Brunnen und betrete pünktlich die Bar. Ich schaue unauffällig in jeden Winkel. Es ist keiner da. Ich bin ungemein erleichtert. Der Barmann, ein attraktiver Kerl in ungefähr meinem Alter, winkt mich an die Bar.

»Sie werden doch nicht alleine an einem Tisch sitzen wollen«, sagt er und strahlt mich an.

»Was darf ich Ihnen mixen?«, will er wissen.

Eigentlich möchte ich bloß einen Milchkaffee, denn es war kalt draußen, aber das wage ich dem charmanten Kerl gar nicht zu sagen.

»Einen Gin Tonic bitte«, bestelle ich schließlich.

Modern Talking dudeln aus der Hausanlage. Piero, so heißt der Barmann, sucht im Radio einen besseren Sender. Irgendwann findet er südamerikanische Rhythmen. Die scheinen ihm zu gefallen, denn er wackelt fröhlich mit seinen Hüften und klappert mit Flaschen und Gläsern.

Wir unterhalten uns eine ganze Weile dermaßen gut, dass ich meine organisierte Verabredung völlig vergesse. Vielleicht müsste ich wirklich nur einfach ab und zu mal ausgehen. Nette Männer scheint es überall zu geben, auch ohne Internet-Verkupplung.

Piero ist interessant. Er war sogar schon in Afrika. Er arbeitete auf diversen Kreuzfahrt-Schiffen und kann lustige Anekdoten aus allen möglichen Ländern erzählen. Er bringt mich zum Lachen. Vielleicht ist es der Gin, der mich so locker macht, dass ich selber auch anfange, zu erzählen.

Irgendwann fällt mir dann doch meine Verabredung ein. Bisher sind keine weiteren Gäste eingetroffen. Ich schaue auf die Uhr: Es ist schon viel zu spät. Der Typ scheint mich versetzt zu haben. Oder hat er mich von Weitem gesehen und die Flucht ergriffen? Als ich dem Barmann von meinem organisierten Blind Date erzähle, lacht er laut.

»Du brauchst doch keine Kupplerin. Du musst nur ausgehen. Wenn ich nicht schwul wäre, würde ich mich höchstpersönlich in dich verlieben«, sagt er und stellt mir noch einen Gin vor die Nase.

Er ist schwul!

Tessa würde jetzt wohl sagen, es sei vielleicht doch nicht so leicht, selber auf die Pirsch zu gehen, wie ich mir das so vorstelle. Ich hätte jetzt Stunden investiert in einen Mann, der gar nichts von mir wolle.

Ich selber freue mich aber über einen gelungenen, unterhaltsamen Abend. Als dann eine ganze Gruppe Hotelgäste in die Bar kommt, verabschiede ich mich.

»Komm wieder einmal vorbei!«, bittet mich Piero und küsst mich auf die Wange. »Du siehst ja, wie einsam ich am frühen Abend manchmal bin.«

Tessa wartet sicher voller Spannung auf meinen Anruf. Na warte!

Wie abgemacht rufe ich sie an, auf meinem Weg, den See entlang zur Bushaltestelle.

»Tessa, der Mann war wirklich nett und attraktiv«, schwärme ich ihr vor. »Und er hat wirklich fast alle meine Wünsche erfüllt: Er ist viel gereist, offen, humorvoll.«

»Na siehst du«, sagt sie selbstzufrieden. »Du musst mir nur vertrauen. Ich sollte daraus einen Job machen. Diese Kuppelei liegt mir total.«

»Er hat mir gefallen. Wir hatten einen richtig schönen Abend. Ich werde Piero sicher mal wieder besuchen.«

Es ist einen Moment lang still in der Leitung.

»Piero?«, fragt sie, und ihre Verwunderung scheint groß zu sein.

»Ja, Tessa, dein dämlicher Florian hat mich sitzen lassen. Ich habe mich den ganzen Abend über mit einem schwulen Barmann vergnügt. Und jetzt bin ich ein wenig beschwipst und froh, dass ich nicht mit dem Auto gekommen bin.«

Ich breche das Gespräch einfach ab. Ein bisschen Rache muss sein. So eine blöde Abmachung, das mit den drei Männern! Jetzt stehe ich an der Bushaltestelle und friere erbärmlich.

Aber irgendwie fühle ich mich gut, habe ein Lächeln im Gesicht. Und immerhin: Ich habe jetzt eine Bar gefunden, in der ich willkommen bin und in der ich sicher gerne wieder vorbeischauen werde.

Auf jeden Fall soll Tessa meine nächsten beiden Kandidaten in diese Bar bestellen. Dann wird mir wenigstens Piero beistehen.

Als nächsten Mann hat Tessa ein paar Tage später Bruno für mich im Internet ausgewählt. Mehr verrät sie nicht.

Ich gehe extra schon etwas zu früh in die Bar in Brunnen, damit ich noch mit Piero reden kann. Er ist tatsächlich wieder alleine.

»Ist hier immer so wenig los?«

»Je später der Abend, desto voller die Bar«, erklärt er mir. »Aber wir haben auch nicht mehr so viele Seminare und Bankette wie früher. Die Wirtschaftskrise! Wir hatten oft Weiterbildungstage für Leute aus Versicherungen und Banken. Die müssen jetzt alle sparen, oder wenigstens so tun, als würden sie das Geld nicht mehr derart rausschmeißen. Sie fehlen uns.«

Piero wirkt ein wenig bedrückt. Er erzählt mir von seinen eigenen Problemen. Seine Eltern kommen genau aus der Region in Italien, in der die schweren Erdbeben ganze Dörfer zerstört haben.

»Das Haus meiner Großeltern in L'Aquila ist nicht mehr bewohnbar. Meine Eltern sind nach Italien gefahren. Vielleicht bringen sie meine Großeltern auch gleich mit, wenn sie wieder heimkommen.« Er ist schockiert. »Die Zerstörungen sind gewaltig.«

Trotzdem fragt er interessiert nach meinem neuen Rendezvous. Piero verspricht mir, ein Auge auf mich und mein Blind Date zu halten, und bietet mir an: »Wir könnten irgendeinen Code vereinbaren. Wenn du die Beine von links nach rechts übereinanderschlägst, dann komme ich und haue ihm eine runter. Wenn du sie von rechts nach links kreuzt, dann dimme ich das Licht, damit ihr fröhlich fummeln könnt.«

Wir lachen, bis uns die Tränen kommen, respektive bis Bruno die Bar betritt. Etwas irritiert schaut dieser zu uns rüber. Ups, jetzt habe ich wohl einen albernen ersten Eindruck gemacht.

»Bist du Anita?«, spricht er mich an.

Wir begrüßen uns, und ich bin ziemlich angetan von meinem Überraschungsmann. Er ist zwar etwas kleiner als ich, aber er sieht sympathisch aus, und seine Augen strahlen. Er wirkt lebendig und offen. Sein Gesicht wird von einem grauen Bart beherrscht, und seine wilde Haarmähne auf dem Kopf wirkt sehr künstlerisch. Bruno trägt Jeans und ein weißes Hemd, das dermaßen sauber und gebügelt aussieht, dass ich mich gleich frage, ob er verheiratet ist oder bei seiner Mutter wohnt.

Wir setzen uns in eine Ecke und mustern uns gegenseitig.

»Schon eine komische Situation«, meint Bruno. »Du hast ja eine ganz besondere Freundin.«

»Ja, das kann man wohl sagen«, gebe ich zu und lache nervös. »Beides. Die Situation und die Freundin.«

Ich stottere blöde herum. Bruno sagt: »Ich weiß schon ein paar Dinge über dich. Vielleicht sollte ich dir ein paar über mich erzählen.«

Piero serviert uns einen teuren Rotwein und blinzelt mir zu, was mich ganz durcheinanderbringt.

»Kennst du den?«, fragt Bruno leicht irritiert.

»Ja«, antworte ich nur. Noch sind wir schließlich nicht verheiratet, und ich werde nicht jetzt schon mit Rechtfertigungen beginnen.

Bruno ist ledig und lebt bei seiner Mutter. Wieder. Erst seit ein paar Monaten.

»Sie kann nicht mehr alleine leben. Sie ist oft verwirrt, bringt alles durcheinander. Statt sie ins Heim zu stecken, bin ich bei ihr eingezogen.«

Oh, ich bin beeindruckt.

»Natürlich bekomme ich viel Unterstützung von der Spitex und von einigen Nachbarinnen«, relativiert er, was ihn noch sympathischer macht.

Er müsse ja schließlich auch noch arbeiten.

Bruno kratzt sich in seinem Bart, und irgendetwas Undefinierbares rieselt daraus in sein Weinglas.

»Ich bin freischaffender Grafiker und habe jetzt mein Büro im Haus meiner Mutter. So geht das gut.«

Nur reisen könne er momentan nicht mehr, und das sei seine besondere Leidenschaft gewesen.

»Ich habe schon als Jugendlicher jede große Stadt in Europa besucht.«

Er redet und redet wie ein Wasserfall, erzählt von diesem und jenem Reiseerlebnis, von diesem und jenem kulturellen Höhepunkt. Dabei wuschelt er immer wieder mit seinen Händen in seiner Haarpracht herum. Darum ist diese wohl so wild.

Meine Begeisterung bröckelt.

Bruno hat sogar ein paar zerknitterte Fotos in seinem Portemonnaie: Bruno mit einem Riesenlachs in Kanada. Bruno auf einem alten Postschiff in Norwegen. Bruno auf dem Eiffelturm.

Die Bilder sehen aus, als würde er sie ständig herumzeigen. Als ich ihm ein wenig von mir und meiner Zeit in Kenia erzähle, fällt er mir schnell ins Wort: »Ja, ja, ich verstehe dich gut. Leben kann man natürlich in Afrika nicht. Überhaupt komme ich immer wieder gerne in die Schweiz zurück. Ich könnte nie im Ausland leben. Gerade Afrika habe ich kaum ausgehalten: So viel Dreck und Elend. Und was tun die Neger, um daran etwas zu ändern? Nichts! Die sind doch viel zu faul. Stattdessen quetschen sie sich in Boote und rudern nach Europa, wo wir sie dann ernähren müssen.«

Dann fängt er an, über die Asylpolitik zu schimpfen.

»Wir bräuchten viel mehr SVP-Bundesräte, und zwar richtige, nicht nur so halbherzige. Wir haben längst genug Ausländer in der Schweiz.«

Er selber sei schon viele Jahre SVP-Mitglied. Jeder, der die Schweiz liebe, müsse doch dafür sorgen, dass weniger Ausländer einreisten.

»Wir haben unseren Wohlstand doch auch nicht geschenkt bekommen. Den müssen wir verteidigen.«

Jetzt habe ich total vergessen, wie ich meine Beine kreuzen soll. Von rechts nach links, oder umgekehrt?

Ich möchte nach Hause.

Ich hasse Tessa.

Ich will gar keinen Mann.

Als Bruno mal eine kurze Pause einlegt und aufs Klo geht, kommt Piero vorbei. Ich verdrehe gespielt die Augen.

»Soll ich ihm K.o.-Tropfen ins Glas schütten?«, fragt er fürsorglich, aber mit einem Augenzwinkern.

»Etwas anderes hast du nicht im Angebot? Ich würde wirklich gerne heimgehen«, antworte ich.

Piero schaut mich besorgt an.

»Ist er unflätig, aufdringlich oder anzüglich?«

Noch bevor ich ihn beschwichtigen kann, kommt Bruno zurück. Er hat sein Handy noch in der Hand und ist ziemlich hektisch.

»Ich muss heim. Irgendetwas ist mit meiner Mutter. Meine Nachbarin hat mich angerufen.«

Danke!

Piero grinst unverschämt und geht.

Ich zeige mich verständnisvoll.

Bruno, der in Schwyz wohnt, nimmt mich in seinem Wagen mit. Immerhin bleibt mir das Frieren an der Bushaltestelle heute erspart. Die Verabschiedung ist kurz. Bruno hat es eilig.

»Vielleicht wollte er mich auch nur loswerden. Ich

könnte es ihm nicht verdenken«, erkläre ich etwas später Tessa am Telefon.

»Ich wusste nicht mehr, was ich mit ihm reden sollte. Da war plötzlich eine Wand, eine Mauer. Ich hatte keine Lust, ihm meine Denkweise zu erklären und mit ihm zu diskutieren. Ich kann's einfach nicht mit diesen rechten Typen.«

Tessa ist ziemlich still. Jetzt hat sie nur noch eine einzige Chance. Sicher kommt sie nun in Bedrängnis. Ich lächle in mich hinein, voller Schadenfreude.

Am Sonntag unterhalte ich mit diesen Geschichten meine Gäste. Ja, ich habe Geburtstag und werde einunddreißig Jahre alt. Es ist keine Party, nur ein feines Mittagessen, gekocht von meiner Mutter. Und als Überraschungsgast steht Lorenzo vor der Tür. Tessa soll ihn gefunden und eingeladen haben. Was mich nicht im Geringsten wundert. Bei den Nachforschungen im Internet war sie sicher in ihrem Element.

Lorenzo sitzt bei uns am Tisch, als würde er längst dazugehören. Ihm schmeckt der Rindsbraten nach dem Rezept meiner Großtante. Dazu gibt es Kartoffelbrei. Es ist schön, ihn hier zu haben, sozusagen als Geburtstagsgeschenk.

Alle amüsieren sich köstlich über meine Internet-Blind-Dates. Nur mein Vater findet, das sei doch albern und gefährlich dazu. Tessa habe einen eigenartigen Einfluss auf mich.

»Ach komm, die gehen halt mit der Zeit. Hör nicht auf den alten Mann«, sagt Mama mit leichtem Spott.

Mein Bruder Tom, der mal wieder zu Besuch ist, hebt verwundert eine Augenbraue. Meine Mutter hat eine andere Meinung als mein Vater? Wo kommen wir denn da noch hin?

Auch ich wundere mich immer wieder über meine Mutter. Ich dachte, ich kenne jeden ihrer Wesenszüge, ja beinahe jeden ihrer Gedankengänge. Aber sie hat sich verändert. Sie riecht sogar anders. Sie hat dieses alte, schwere, süßliche Parfum, das ich immer so an ihr geliebt habe, gegen irgendetwas Freches, Frisches ausgetauscht, das mich ein wenig irritiert.

Haben Außerirdische von ihr Besitz ergriffen, und jetzt mutiert sie Tag für Tag ein wenig mehr? Nun, ich glaube eher, dass sie mehr und mehr sie selbst wird. Dass sie plötzlich nicht mehr bereit ist, ihre Wünsche ständig hinter die meines Vaters zu stellen. Das hat sie jahrzehntelang getan, und diese Finanzgeschichte war nun wohl der Auslöser für ein Umdenken.

Lorenzo ist der Einzige, der völlig locker und unverkrampft am Tisch sitzt. Diese unausgesprochenen Dinge bekommt er nicht mit. Dafür kennt er uns alle zu wenig. Er unterhält sich sogar königlich, gerade mit meiner Mutter, an deren Seite er sitzt.

Irgendwann will er wissen, wie ich meinen letzten Geburtstag verbracht habe.

»Es war schließlich ein runder, da gab es doch sicher ein riesiges Fest?«

Einen Moment lang bin ich still, und die Erinnerungen kommen hoch.

Mein dreißigster Geburtstag.

Was soll ich erzählen?

Es war ein traurig-schöner Tag. Simon, der kenianische Arzt, war zum letzten Mal da.

»Wir haben in einer Strandbar bei Kim4Love, einem einheimischen Musiker, eine Cola getrunken und Händchen gehalten. Dann sind wir lange den Strand entlangspaziert und haben geredet. Später waren wir wieder bei Kim4Love und haben getanzt. Immer mehr Freunde und Bekannte kamen dazu. Am Ende saßen wir in unserer Ferienanlage am Feuer und tranken Kenya Gold. Jan hat auf der Gitarre holländische Lieder gespielt, die keiner kannte und keiner hören wollte. Es war schön.«

Am nächsten Tag ist Simon in die Schweiz gereist. Wir haben unsere Beziehung beendet. Ich habe nie wieder etwas von ihm gehört.

Lorenzo erzählt wieder, dass er im Januar nach Kenia fliegt. Zu unser aller grenzenlosem Erstaunen sagt meine Mama plötzlich zu mir: »Jetzt habe ich wirklich langsam Lust, dieses Land kennenzulernen. Warum gehen wir nicht auch mit, und ihr zeigt uns alles?«

»Genau, macht das«, sagt mein Bruder Tom und haut sich vor Erstaunen auf die Schenkel.

Mein Vater verschluckt sich und hustet. Er schüttelt seinen Kopf.

Lorenzo sagt: »Jeder Psychiater würde sagen, Anita müsse wieder an den Ursprung ihrer Albträume zurück. Du schaust dir alles noch einmal mit Abstand an, Kenia als friedlichen Ort, und kannst dann wirklich mit dem Vergangenen abschließen.«

Papa schaut von einem zum anderen und kann es nicht glauben. »Ich fliege sicher nicht nach Afrika«, verkündet er, wie das Amen in der Kirche. Somit ist für ihn die Sache vom Tisch. Früher wäre das auch so gewesen. Aber diesmal spielt Mama nicht mit.

»Das ist gut, dann bleibt das Geschäft nicht alleine, und Kafka ist auch versorgt«, antwortet meine Mutter. »Ich werde dort meinen sechzigsten Geburtstag feiern. Ich glaube, das habe ich mir verdient. Ich habe jetzt jahrzehntelang nur gearbeitet.«

Alle schauen auf mich.

Hilfe! Ich bin dazu noch nicht bereit! Und Strandferien im Hotel? Eine grässliche Vorstellung. Allerdings als Wiedereinstieg vielleicht nicht so schlecht. Als Ausgangspunkt. Als Anfang.

Aber Geld habe ich ja auch keines, das kommt noch dazu.

»Ich lade dich ein«, wischt Mama meinen Vorwand zur Seite.

Und plötzlich ist es beschlossene Sache: Lorenzo wird am Montag für Mama und mich für vierzehn Tage im Januar zwei Zimmer im Hotel Lion Beach buchen.

Kenia, wir kommen!

Mein Vater kocht. Er steht so abrupt auf, dass sein Stuhl umfällt. Er läuft einfach davon, in sein Büro.

Wir aber sitzen noch eine Weile zusammen und schmieden Pläne.

In dieser Nacht plagen mich wieder schlimme Albträume, und beim Aufwachen bin ich panisch und nass geschwitzt. Mein Puls rast. Ich atme, als wäre ich gerannt. Schließlich kann ich erst auf dem Sofa im Wohnzimmer noch einmal einschlafen, bei laufendem Fernseher, brennendem Licht und Kafka in den Armen.

Als mich am Morgen mein Vater so entdeckt, steigt die Wut wieder in ihm hoch.

»Kenia hat dich kaputt gemacht. Schau dich doch an. Aber nein: Du musst da wieder hin. Und auch noch mit Mama. Das ist doch krank.«

»Es war Mamas Idee«, sage ich kleinlaut, nach wie vor rasch eingeschüchtert von seinem lauten Ton.

»Ich weiß nicht, was in sie gefahren ist«, schimpft Papa kopfschüttelnd. »Ich kenne sie kaum mehr wieder.«

In diesem Moment betritt Mama das Wohnzimmer.

»Lass Anita in Ruhe. Das sind Dinge, die wir zwischen uns klären müssen«, sagt sie in ziemlich eisigem Ton. Den hat sie meinem Vater gegenüber noch nie angeschlagen. Und dabei hatte ich schon oft das Gefühl, er wäre angebracht gewesen.

Kafka und ich machen uns aus dem Staub. In meinem Zimmer oben höre ich meine Eltern unten streiten. Es erschreckt mich, denn so etwas gab es früher nie. Und doch denke ich: Es hätte wohl schon früher ab und zu Streit geben müssen.

Ich ziehe mich an und gehe arbeiten.

Ich bin eine schlechte Buchhändlerin. Ich kenne zu wenige der aktuellen Bücher. Ich habe keine Ahnung, was gerade in ist und warum. Ich weiß inzwischen allenfalls, *wo* die Bücher stehen, die wir im Laden haben, aber noch nicht, was *darin* steht. Und ich begreife langsam das Computersystem und kann somit notfalls auch Bücher aus Hinterindien kommen lassen. Außerdem bin ich freundlich und geduldig. Dazu kann ich wunderschön Geschenke einpacken. Im Umgang mit Weihnachtspapier und goldigen Bändchen bin ich eine große Nummer.

Ich versuche ja, wieder mehr zu lesen. Aber als Erstes bin ich gerade an den grausigen Bestseller »Feuchtgebiete« geraten, und da fand ich plötzlich, Lesen werde vielleicht doch überbewertet. Aber die Geschichte von Barack Obama interessiert mich natürlich schon. Und das Buch »Wer bin ich – und wenn ja, wie viele?« beschäftigt mein Gehirn auf angenehme Art und Weise.

Jetzt, wo es auf Weihnachten zugeht, verkaufen wir sowieso jedes Jahr die gleichen Bücher und Kalender in Massen. Allen voran das »Guinnessbuch der Rekorde«. Interessiert es wirklich so viele Leser, dass der Inder Devendra Harne mit zwölf Fingern und dreizehn Zehen auf die Welt gekommen ist? Möchte ich tatsächlich wissen, dass Michel Lotito aus Frankreich einen Sarg (inklusive Griffe) gegessen hat? Und ist es eigentlich bewundernswert, dass Lee Redmond aus den USA mit 7,51 Metern die längsten Fingernägel hat?

Wem um Himmels willen würde ich dieses Buch schenken wollen – und wenn ja, wie viele, respektive warum?

Dann schon eher einen Mondkalender. Mondkalender im Groß-, Klein- und Handtaschenformat, Mondbücher, Mondtabellen, Mondposter. Ich kann daraus lesen, an welchen Tagen ich die Wohnung lüften soll oder wann die Zimmerpflanzen gegossen werden müssen. Eine Krankenschwester hat mir einmal erzählt, dass es schon Probleme in Spitälern gegeben habe, weil sich Patienten mit ihren Operationen nach dem Mondkalender richten wollten. Vielleicht sollte ich den Termin für mein nächstes Blind Date nach dem Mondkalender auswählen?

Diese Chance bekomme ich nicht. Tessa ruft an und gibt den Termin bekannt. Es wird mein letztes Treffen sein, also trage ich es mit Fassung. Fast bin ich sogar ein wenig neugierig. Ich soll mich mit einem Sascha treffen. Der Name klingt gut, nach Romantik und Geheimnis. Vielleicht lässt er mich ja auch sitzen, und alles ist erledigt. Dann werde ich locker ledig bleiben und als alte Buchhändlerjungfer enden.

Wieder gehe ich viel zu früh in die Bar in Brunnen. Diesmal ist sie fast voll. An der Bar gibt es keinen

Platz mehr. Irgendein Ärztekongress macht gerade Pause. Piero hebt bedauernd die Schultern und rennt an mir vorbei, geschickt ein überladenes Tablett balancierend. Es ist ganz interessant, ihn mal so hart arbeiten zu sehen. Piero ist schnell und bleibt charmant.

Ich trinke an einem Ecktisch einen Milchkaffee und warte. Es war eiskalt draußen, und meine Füße und Hände kribbeln ein wenig, während sie langsam wieder auftauen.

Wird mich Sascha unter all den Leuten finden? Wie hat mich Tessa wohl beschrieben?

Nun, die roten Haare sind natürlich ein guter Wegweiser. Und so findet Sascha mich auch. Er blickt kurz um sich, steuert dann direkt auf mich zu, lacht und drückt meine Hand ein wenig zu fest und etwas zu lange.

Der Mann ist nicht so schön wie sein Name. Er trägt viel Übergewicht mit sich herum, hat dafür kaum mehr ein Haar auf dem Kopf. Trotzdem ist er sehr gut gekleidet und trägt eine bunte, freche Brille. Er strahlt Ruhe und Gemütlichkeit aus. Ich bin richtig gespannt auf seine persönliche Geschichte, denn es wird wohl einen Grund geben, warum Tessa meint, wir passten zusammen.

Anfangs bombardiert der Kerl mich mit Fragen, als würde ich mich bei ihm bewerben. Das stößt mich etwas ab, und ich antworte recht zurückhaltend. Dazu trinkt er Whisky wie ein Großer. Fehlt nur noch die dicke Zigarre, die er sich immerhin verkneift.

Erst nach einer Weile erfahre ich etwas über ihn. Er ist – und da hat Tessa wohl aufgehorcht – Schriftsteller. Er schreibt Kriminalromane. Mittelmäßig erfolgreich, wie er zugibt.

»Ich könnte davon nicht leben. Ich schreibe zusätzlich für ein Buchmagazin Buchkritiken. Dazu verdiene ich Geld mit der Leitung von Schreibseminaren. Ich verkaufe darin die Illusion, jeder könne Schriftsteller werden.«

Das Interesse an den Kursen sei groß.

»Kennst du ›Deutschland sucht den Superstar‹? Beim Schreiben ist es ein wenig wie beim Singen: Jeder denkt, er könne es. Das ist gut für mein Geschäft.«

Sascha lacht.

Ein interessanter Mann, keine Frage. Kein Angeber, aber selbstbewusst. Ein bisschen enttäuscht ist Sascha schon, dass ich als Buchhändlerin noch nie von ihm gehört habe. Er lebt hier in der Nähe, in Küssnacht, irgendwo mit Blick auf den See.

Wir unterhalten uns immer besser. Mir gefällt seine sichere Art, seine Gewissheit, dass er auf dem richtigen Weg ist, und seine Kompromisslosigkeit dabei. Er lebt seinen Traum, oder kämpft noch immer dafür.

»Es ist schon ein bisschen wie Lotto spielen: Erst wenn ich nicht mehr schreibe, habe ich endgültig die Chance auf einen Bestseller verspielt.«

Aber er sei natürlich bereits neununddreißig Jahre alt, und irgendwie würden alle rundherum von ihm erwarten, endlich Erfolg zu haben, den großen Durchbruch zu schaffen, oder aufzugeben.

»Die haben alle keine Ahnung, was das Schreiben mir bedeutet.«

Er könne gar nicht anders. Schreiben sei sein Lebenselixier.

Irgendwie öffne ich mich ihm dann auch, weil er so ehrlich rüberkommt, und am Ende haben wir drei Stunden in der Bar verbracht, die wirklich gut waren. Die Gespräche waren mehr als oberflächliches Geplänkel.

Wir sind schon so weit, dass wir überlegen, wo und wann wir uns wieder treffen könnten, da sehe ich ihn.

Viele Ärzte haben die Bar längst verlassen. Es gibt noch da und dort ein Grüppchen, das sich angeregt unterhält. Am Ende sitzt nur noch einer ganz alleine an der Bar und schaut in sein Bierglas, als suchte er dort nach etwas.

Simon!

Mein Simon!

Er trägt einen Anzug und ein weißes Hemd. Seine Krawatte hat er gelockert, und sie hängt an seinem Hals wie ein Fremdkörper. Ich habe ihn noch nie so gekleidet gesehen, und er wirkt irgendwie fremd. Und doch: Ich würde am liebsten einfach zu ihm gehen und ihn in meine Arme schließen. Dabei sind wir schon so lange getrennt. Vielleicht hat er sich längst eine herzige Krankenschwester angelacht. Er sieht aber auch wirklich zum Anbeißen aus.

Sascha räuspert sich. Aber ich kann mich nicht mehr auf ihn konzentrieren, so sehr ich es auch möchte. Ich will auf jeden Fall mit Simon sprechen. Dieser Zufall ist zu groß, um nicht auch ein wenig Schicksal zu sein.

Das versuche ich Sascha hastig zu erklären. Er gibt sich zwar verständnisvoll, ist aber natürlich verärgert, beleidigt, enttäuscht. Er bezahlt und verabschiedet sich gleich darauf.

»Ich rufe dich an!«, sagt er und küsst mich auf die Wange.

In mir überschlagen sich die Gedanken, die Gefühle laufen Amok.

Bin ich verrückt geworden? Ich lasse einen vielversprechenden Mann laufen und renne meiner Vergangenheit hinterher? Nur Gemüsesuppen schmecken aufgewärmt besser. Bei der Liebe ist das anders. Das wusste schon meine Großmutter.

Simon hatte unsere Beziehung beendet und Kenia verlassen. Ich war ihm nicht wirklich wichtig. Er war am Ende wie alle Kenianer: Er rannte dem fernen Glück in Europa hinterher, als wäre bei uns alles besser und schöner und Wohlstand für alle garantiert.

Jetzt sitzt er da, schmal, melancholisch.

Er sieht nicht so aus, als hätte er sein Glück gefunden.

Andererseits: Ich habe mein Glück in Kenia auch nicht gefunden. Und wie sehe ich aus? Krank und blass.

Was will ich von Simon? Eine Beziehung aufwärmen und dann am Ende den gleichen Schmerz noch einmal durchmachen, weil er eine noch bessere Stelle in Costa Rica gefunden hat und mich wieder zurücklässt, wie ein überflüssig gewordenes Requisit?

Wie blockiert sitze ich da und schaue zu, wie Simon seine Rechnung unterschreibt, sich von Piero verabschiedet und die Bar verlässt.

Bin ich denn vollkommen bescheuert? Ich hätte ihn auf jeden Fall begrüßen müssen! Es hätte mir gutgetan, ein wenig mit ihm über Kenia zu plaudern oder zu hören, wie es ihm geht und was aus ihm in der Schweiz geworden ist.

Und ich denke schon wieder über Beziehungen nach. Habe ich denn wirklich nichts vom afrikanischen Lebensgefühl in die Schweiz hinüberretten können? Die Leichtigkeit? Das Leben im Heute und Hier, ohne ständig schon sieben Schritte im Voraus zu überlegen?

Ich setze mich zu Piero an die Bar. Während ich einen Gin Tonic trinke, schaue ich ihm zu, wie er versucht, die Berge von schmutzigen Gläsern und Geschirr in den Griff zu bekommen.

Ich fühle mich, als wäre ich hundert Jahre alt. Ich beschließe, einfach hier sitzen zu bleiben und zu versteinern. Oder ich zerfalle in meine Bestandteile, nach und nach.

»Was ist denn mit dir los?«, fragt Piero besorgt. Die Bar ist leer, und er hat abgeschlossen. Er legt seinen Arm um mich.

»Hallo, ist da jemand?«, fragt er und schüttelt mich leicht, weil ich gar nicht reagiere. Ich schaue ihn an und fange an zu weinen, lache aber dazu. Na ja, ein hysterisches Huhn eben. Also schäme ich mich auch noch gleichzeitig. So etwas können wir Frauen ja: Multitasking. Alles gleichzeitig.

Piero gießt sich ein Glas Wein ein und setzt sich zu mir. »Ich habe alle Zeit der Welt. Bin eh viel zu müde, um jetzt heimzugehen. Erzähl mal, was mit dem Blind Date gelaufen ist. Ihr habt euch doch gut unterhalten? Ich dachte schon, du hättest die Nadel im Heuhaufen gefunden.«

Er muss sich eine lange Geschichte anhören. Eine sehr lange. Und ich trinke vier Gin Tonic dazu. Dadurch wird die Geschichte noch länger, weil ich etwas langsamer sprechen muss, um noch verstanden zu werden.

Piero ist ein guter Zuhörer, auch wenn er ab und zu ein Gähnen nicht unterdrücken kann. Er schüttelt den Kopf über mein Zögern und Zaudern.

»Das ist doch typisch für die Schweizer: Total kopfgesteuert.«

Er meint, wir müssten unbedingt eine Begegnung mit Simon arrangieren.

»Du weißt ja jetzt, wo er ist. Du kannst ihn anrufen oder morgen noch einmal in die Bar kommen. Ach nein. Morgen Mittag reisen die Ärzte ab.«

Aber er würde schon einen Weg finden, verspricht er. Er müsse nur nachdenken. Wir sitzen eine Weile schweigend nebeneinander, und Piero trommelt mit einem Kugelschreiber geheimnisvolle Rhythmen auf den Tresen. Beschwört er die Voodoo-Götter?

Plötzlich klopft jemand heftig an die geschlossene Bartür. Anfängliches Ignorieren hilft nichts. Das Klopfen hört nicht auf.

»Wir haben geschlossen«, ruft Piero ärgerlich. »Rufen Sie den Zimmerservice an.«

»Ich habe mein Handy vergessen«, ruft einer vom Flur her.

Und es ist nicht irgendeiner.

Es ist Simon.

Bevor ich diesen Zufall irgendwie einordnen und mir überlegen kann, was nun zu tun ist, hat Piero Simon schon hereingelassen, und so steht er plötzlich vor mir.

»Anita?«, fragt er fassungslos und schaut mich an, als hätte er eine Erscheinung.

»Simon«, antworte ich leise.

Und dann umarmen wir uns. Er muss meine Gin-Fahne riechen. Ich sehe furchtbar aus. Meine Gefühle und Gedanken explodieren. Er fühlt sich so vertraut an.

»Was machst du hier?«

»Wie geht es dir?«

»Warum bist du nicht in Kenia?«

Wir stellen uns alle Fragen gleichzeitig, und zum Antworten kommen wir gar nicht. Wir lachen.

»Halt, meine Lieben«, greift Piero ein. »Bevor das hier in eine große Wiedersehensparty ausartet: Ich möchte jetzt nach Hause. Ich bin todmüde.«

Was nun?

Es ist tatsächlich schon zwei Uhr morgens.

»Ist doch einfach«, meint Piero. »Ihr geht zu ihm oder zu dir.« Er lacht. »Oder ihr geht noch ein wenig am See spazieren. Es ist ja nur etwa minus zwei Grad kalt.« Und zu Simon gewandt: »Das würde Anita sicher guttun, denn sie hat etwas zu viel getrunken.«

Simon bekommt sein Handy.

Mir drückt Piero meinen Mantel in die Hand. Dann schubst er uns freundlich, aber bestimmt aus der Bar und schließt ab.

Simon und ich bleiben eine Weile betreten vor der Tür stehen. Zu mir können wir nicht, und zu ihm ins Hotelzimmer, das möchte ich eigentlich nicht.

Also stehen wir da und schauen uns an.

»Es ist schön, dich wiederzusehen«, sagt Simon.

»Ja«, antworte ich.

Wir umarmen uns und verharren einfach eine Weile. Ob er sie auch spürt, diese Vertrautheit, diese Wärme, als wären wir nie getrennt gewesen?

Das hätte ich nicht erwartet. Meine Gefühle erschrecken mich.

Da öffnet Piero die Tür wieder. »Na los, dann kommt rein. Ich gebe euch eine Stunde. Dann poliere ich halt die Gläser auf Hochglanz. Aber Alkohol für Anita gibt es nicht mehr.«

Wir lachen erleichtert und nehmen das Angebot gerne an. Während wir uns auf ein Ledersofa setzen, stellt Piero eine Flasche Wasser und zwei Gläser vor uns hin. Dazu zündet er eine Kerze an. Er lächelt nachsichtig und zwinkert mir zu, um dann hinter die Bar zu verschwinden. Aus dem Radio berieselt er uns mit alter Jazz-Musik.

Simon will zuerst einmal wissen, warum ich nicht mehr in Kenia bin. Und ich erzähle ihm ausführlich und muss sogar ein wenig weinen dabei.

»Kenia steht sich wirklich selber im Wege. Die Regierung ist keine Hilfe, gießt noch ständig Öl ins Feuer, ist korrupt wie eh und je«, kommentiert Simon resigniert. »Auch jetzt werden die Vorfälle rund um die Wahlen noch immer nicht aufgeklärt, obwohl eine Studie gemacht worden ist und Unruhestifter bekannt sind, die jetzt sogar in der Regierung sitzen. Das Volk wird langsam wieder unruhig.« Trotzdem habe er unendlich Heimweh. »Ich komme mir vor wie ein Verräter. Du hast mir ja immer gesagt, Kenia brauche mich und Leute wie mich.« Aber es sei nicht nur das. »Ich arbeite im Kantonsspital Luzern. Dort stehen mir die besten Geräte zur Verfügung, gut ausgebildetes Personal, beste Arbeitsbedingungen. Nie gehen Medikamente aus, nie fällt der Strom aus. Eigentlich ein Paradies für einen Arzt, im Gegensatz zu meinen Erlebnissen in Kenia. Ich habe schon extrem viel gelernt hier.« Aber er sei oft einsam. Er arbeite, und dann sei er wieder alleine. »Mir fehlen meine Freunde, meine Familie, der Zusammenhalt, den ich in Kenia immer gespürt habe. Mir fehlen die fröhlichen Feste.« Außerdem leide er unter dem kalten Winter. Es habe hier einfach zu wenig Sonne. Ihm fehle also nicht nur die menschliche Wärme. »Die gute Bezahlung ist ein Witz, wenn ich sehe, wie teuer das Leben hier ist.« Und mit einem Blick auf mich fügt er hinzu: »Ja, ich weiß, auch das hattest du mir vorausgesagt.«

Richtig aufgewühlt ist er, während er mir erzählt. Er spricht Englisch, wirft aber immer wieder stolz ein paar neu gelernte Sätze in Deutsch ein.

Wir trinken ein Glas kaltes Wasser, um uns etwas zu beruhigen. Ich bade schon ein wenig in dem Gefühl, Simon wiedergefunden zu haben.

Dann kommt der Hammer.

Simon erklärt: »Ich werde bald wieder nach Kenia zurückkehren.«

Super Timing!

Ich bin dort, er will hierher.

Ich bin hier, er will dorthin.

Einen Moment lang stockt mir der Atem.

Es waren zwei Königskinder,
die hatten einander so lieb.
Sie konnten zusammen nicht kommen.
Das Wasser war viel zu tief.

Das tragische Lied von den unglücklich Liebenden spukt durch meinen Kopf.

Ich will nach Hause. Hier und jetzt.

Ich denke ganz fest an die Gemüsesuppe. Nein, ich will nicht wie in einer Endlosschleife alte Fehler wiederholen. Simon wird immer ein Reisender sein, der nie ankommt.

Ich erkläre, dass ich bereits vor neun Uhr die Buchhandlung aufschließen müsse, was tatsächlich so ist, und dränge zum Aufbruch. Piero hatte mir angeboten, mich auf seinem Heimweg zu Hause abzusetzen.

Natürlich tauschen Simon und ich unsere E-Mail-Adressen und Handynummern aus. Wir werden in Kontakt bleiben.

Nach einer letzten, zärtlich-vertrauten Umarmung geht Simon auf sein Zimmer, und ich verlasse mit einem erleichterten Piero das Hotel.

»*Ain't no sunshine, when he's gone.*
Only darkness every day.
Ain't no sunshine when he's gone
and he's always gone too long
anytime he goes away.«

Piero schmettert im Wagen theatralisch diesen sentimentalen Song mit leicht abgewandeltem Text, bis ich ihm meinen Ellbogen in die Seite haue.

»Ja, ja, ich bin ja schon still. Ich denke mir meinen Teil«, entschuldigt er sich.

Wir fahren schweigend heimwärts. Aber das Lied klingt irgendwie in mir weiter.

... only darkness every day ...

Das traurige Lied verfolgt mich noch am Morgen beim Aufstehen. Es ist wirklich dunkel. Wenn man im Winter in einem Einkaufszentrum arbeiten muss, geht man oft im Dunkeln zur Arbeit und kommt im Dunkeln nach Hause. Bei Tieren würde da sicher eine Organisation auf der Straße demonstrieren, weil das keine artgerechte Haltung sei. Ich selber fühle mich auch nicht artgerecht gehalten.

Na ja. Ich bin mies gelaunt, ich geb's zu.

Simon! Gemüsesuppe! Was für ein Morgen!

Aber das muss ich durchstehen. Ich habe heute alleine die frühe Morgenschicht.

Ich quäle mich auf dem Weg zur Arbeit durch ein kleines Schneegestöber, rutsche mehr, als ich gehe, und schimpfe auf den Winter, auf die Liebe und auf das Leben an sich. Als ich gerade sorgfältig die großen Glasscheiben unseres Geschäfts zusammenschiebe, steht plötzlich Tessa vor mir.

»Jetzt hast du aber Glück gehabt«, sagt sie. »Du hast vergessen anzurufen. Wenn du jetzt nicht im Laden gewesen wärst, hätte ich die Polizei alarmiert. So aber, und weil du so beschissen aussiehst, denke ich, du hattest einen derart großartigen Abend mit Sascha, dass du mich nur schlicht vergessen hast, und ich verzeihe dir großmütig.«

Sie grinst selbstzufrieden.

So viel Text am frühen Morgen! Und Sascha? Wer war das gleich noch mal?

Ich habe Kopfschmerzen. Ich kann jetzt nicht erzählen. Ich muss die Kasse starten, die Computer hochfahren. Dann stehen fünf Bücherkisten herum, die ausgepackt werden müssen. Da sind zum Teil

Bestellungen drin, und die müssen bereit sein, wenn die Kunden kommen.

Aber Tessa hat hier selber schon ausgeholfen und schiebt unaufgefordert die Rollständer mit den Büchertürmen vor den Laden. Dabei stürzt ein Berg von Obama-Biografien ein, und sie baut alles wieder vorsichtig auf.

»Ist das nicht großartig, dass Obama Präsident von Amerika geworden ist? Ein Kenianer!«

»Ja, das wurde in Kenia auch riesig gefeiert. Und viele sind so naiv zu glauben, dass Obama auch noch Zeit habe, in Kenia aufzuräumen, und dass nun ein ständiger Geldstrom aus den USA nach Kenia fließen würde. Als hätte der arme Kerl nicht genug Probleme in Amerika.«

Die Obama-Biografie werde ich als Nächstes lesen. Endlich mal wieder etwas, das mich wirklich interessiert.

Wir arbeiten schweigend und schnell. Es ist eine ruhige Stunde, fast ohne Kunden. Und so komme ich schließlich doch dazu, alles zu erzählen.

Tessa ist empört: »Ich schicke dir den perfekten Kandidaten, und du vergraulst ihn mit einem Gespenst aus deiner Vergangenheit?«

Ja, so war es, ganz genau. Ich kann es auch nicht ändern. Ich bin eine elende Loserin.

Wenn man mal kein Glück hat, kommt garantiert auch noch Pech dazu …

Tessa verabschiedet sich. Sie hat mir viel geholfen heute Morgen, und sie hat es mir am Ende nicht krummgenommen, dass ich ihren Sascha verschmäht habe.

Am frühen Nachmittag, ich berate gerade eine Frau, die sich wohl ihr erstes Buch überhaupt kauft und daraus praktisch einen Staatsakt macht, so, als hätte sie nicht vor, jemals später noch ein Zweitbuch zu kaufen, betritt Simon den Laden. Wir lächeln uns zu, während ich weiterbediene. Er schaut sich um und kommt nach einer Weile mit einer Obama-Biografie an die Kasse.

Ich überlasse die Frau mit der schwierigen Frage, ob denn ein Buch mit zweihundert Seiten nicht viel zu dick sei und ob in diesem Liebesroman nicht vielleicht zu viele Sexszenen vorkommen könnten, sich selbst. Sie ist nämlich überhaupt nicht prüde, möchte aber nichts über Sex lesen. Das stößt sie ab. Ich überlege mir, ob ich ihr nicht klammheimlich am Ende ihr Buch der Wahl gegen »Feuchtgebiete« vertauschen sollte. Einfach zur Strafe, weil sie mich schon so lange nervt, an einem Tag, an dem ich wirklich nicht gut drauf bin. So etwas müsste sie doch merken. Ein Minimum an Rücksicht und Feingefühl könnte man doch von seiner Kundschaft erwarten.

»Ich lerne damit etwas Deutsch«, erklärt Simon seine Buchauswahl. Die englische Ausgabe habe er schon gelesen. »Nicht, dass ich so Obama-hysterisch wäre wie meine Landsleute. Das ist ja fast peinlich.«

Wir lächeln uns zu.

Dieser Mann wär's wirklich, denke ich. Wenn er eine Gemüsesuppe wäre.

Ist er aber nicht.

»Ich muss jetzt los. Wollte nur sehen, wo du arbeitest. Ich habe am Abend wieder Dienst.«

Wir geben uns die Hand, und unsere Augen versinken für einen kleinen Augenblick ineinander. Dann ist er weg. Aber die schwierige Kundin ist noch da.

So ist das Leben: hart, aber ungerecht.

Meine Mama, die gerade Kinderbücher in bunte Geschenke verwandelt hat, will wissen, wer denn der charmante Schwarze war.

Ich erzähle ihr von Simon.

»Er wird immer nur sich selber treu sein. Jetzt geht er zurück nach Kenia, weil er denkt, das sei das Richtige. Ich könnte ihm folgen, aber vielleicht zieht es ihn dann nach Pakistan, weil die Menschen ihn dort viel mehr brauchen, oder wieder nach Europa, weil er plötzlich einsieht, dass da doch alles besser war. Ich würde bei seinen Entscheidungen nie eine Rolle spielen.«

Meine Mama denkt eine Weile nach. Dann kommt sie wieder auf mich zu und sagt: »Es klingt, als wäre er ein aufrechter Mann, der zu seinen Idealen steht und keine falschen Kompromisse macht. Er hat vielleicht nur noch kein Wir-Gefühl entwickeln können, weil ihr nicht lange und eng genug zusammen wart.«

Aber den Spruch mit der Gemüsesuppe, den kenne sie auch, und der sei sicher nicht falsch.

»Mir hat der Mann gefallen«, meint sie verschwörerisch, bevor uns die Zeit knapp wird und wir nicht länger über das Aufwärmen von Suppen und anderes nachdenken können.

Gegen Abend wird das Geschäft voll. Auch Papa ist da, und wir sind alle sehr beschäftigt. Ich bin komplett erledigt, als wir schließlich die Türen schließen. Auch meine Mutter wirkt müde und blass. Mein Vater schaut mürrisch in die Welt. Er hatte heute wieder Banktermine, und ich frage mich langsam, ob er ernsthafte Probleme mit den Finanzen der Buchhandlung hat, auch wenn es gerade so gut läuft. Aber das sind seine Probleme. Schlimm genug, dass ich miterleben muss, wie eisig meine Eltern miteinander umgehen.

Ich schlafe trotzdem wunderbar in diesen Tagen. Ich bin immer völlig erledigt und brauche keine Medikamente, um zu schlafen. Manchmal habe ich noch Schmerzen im Arm und schaue vorsichtig nach, ob der Ausschlag der Gürtelrose wiederkommt. Nein, es ist nur noch der Schmerz da, manchmal mehr, manchmal weniger.

Eines Tages erfahre ich ganz nebenbei, dass Mama und Lorenzo fast täglich miteinander telefonieren. Anscheinend hat meine Mutter so viele Fragen bezüglich unserer Keniareise. Und diese kann sie wohl nicht mit mir besprechen. Ich war ja auch nur fünf Jahre dort ... Als ich sie bei einem dieser Gespräche überrasche, strahlt und lacht sie in den Telefonhörer hinein, dass ich mich nur noch wundern kann.

Bahnt sich hier etwas an? Sollte ich mich einmischen? Ist das *meine* Aufgabe? Eigentlich müsste mein Vater die Alarmsignale erkennen und reagieren. Ich hoffe, Mama weiß, was sie tut. Meine Beobachtungen beunruhigen mich ein wenig. Wir sind immerhin noch eine Familie, wenn auch eine leicht ramponierte.

Ich versuche, die bevorstehende Januarreise noch etwas zu verdrängen. Da ich so viel arbeite, fällt mir das leicht. Arbeit ist eine gute Medizin. Auch gegen Gefühle, die man nicht zulassen will.

Es ist ohnehin so, als würde mit dem näher rückenden Jahresende auch die Zeit viel schneller vergehen. Als würde das Jahr einen Endspurt hinlegen.

Und dann steht die Welt plötzlich doch einfach still: Meine Mutter bricht mitten in einem chaotischen Abendverkauf zusammen. Gerade hat sie noch mit einem Kunden riesige Weltkarten auseinandergefaltet, und plötzlich liegt sie da.

Es ist, als würde die Welt kurz den Atem anhalten. Papa ruft den Krankenwagen. Ich sitze neben Mama am Boden, schüttle sie und rufe verzweifelt: »Mama, hörst du mich? Was ist los?«

Sie kommt wieder zu sich, und ich bin unendlich erleichtert. Aber sie schafft es nicht, sich auch nur aufzusetzen, schon kippt sie wieder weg. Papa bringt eine Decke, in die wir Mama einwickeln, wenn sie schon auf dem Boden liegen muss. Er bittet die Kunden, den Laden zu verlassen, und rennt selber davon, um die Sanitäter in Empfang zu nehmen.

Als die Sanitäter mit meiner Mutter auf der Trage durch das Einkaufszentrum gehen, bin ich einfach nur schockiert, wie erstarrt. Mein Vater erklärt, ich müsse hier die Stellung halten, und ich ärgere mich darüber. Müsste ich jetzt nicht unbedingt bei Mama sein? Die Sanitäter sprachen zwar nicht von Lebensgefahr, aber was wissen die schon, nach so kurzer Zeit? Papa rennt Mama hinterher.

Ich rufe Vroni an und bitte sie, mich möglichst schnell abzulösen. Ich will ins Krankenhaus. Dann rufe ich Jenny an. Vielleicht möchte sie auch bei Mama sein. Natürlich erwarte ich von ihr keinen Zuspruch, aber sie kann es wieder nicht lassen: »Meine Güte, Anita. In der kurzen Zeit, in der du jetzt hier bist, hast du es geschafft, dass die Eltern sich völlig zerstritten haben und Mama nun im Krankenhaus ist. Diese Keniareise war wirklich eine saublöde Idee, und du siehst ja, was das ausgelöst hat. Nun, die Reise hat sich jetzt wohl von selber erledigt.«

Ich lege einfach den Hörer auf.

Was habe ich meiner Schwester bloß getan? Sie hatte eine schwere Kindheit, wie hunderttausend andere Menschen auch. Darf sie deshalb bis ans Ende ihrer Tage Gift versprühen?

Tom reagiert ganz anders. Wie ein richtiger Bruder. Er verspricht: »Anita, ich nehme den nächsten

Zug und bin morgen da. Ich kann dir auch in der Buchhandlung helfen. Wir werden sehen. Bleib ruhig. Das ist sicher nur der Kreislauf oder dergleichen. Mama war doch immer gesund.«

Bisher war ich die Ruhe selbst, nahezu erstarrt, aber jetzt kommen mir die Tränen. Eine Kundin, die mich gerade ansprechen wollte, verlässt fluchtartig den Laden.

Ich rufe Lorenzo an. Ich habe einfach das Gefühl, als müsste er wissen, dass es Mama schlecht geht. Er ist sehr betroffen und bittet mich, ihn auf dem Laufenden zu halten.

»Ich bete für sie. Mit meinem Rosenkranz, du weißt schon«, sagt er. Es tut gut, mir dies vorzustellen.

Vroni kommt gerade rechtzeitig, um den Laden zu schließen und die Abschlüsse zu machen. Sie verspricht mir, auch morgen da zu sein. Ich renne aus dem Haus und fahre mit dem Taxi ins Spital nach Schwyz.

»Kommst du auch schon?«, fragt Jenny herablassend, als ich endlich die richtige Abteilung gefunden habe und außer Atem eintrete.

»Du hattest wohl noch ein wichtiges Blind Date?«, fragt sie spöttisch.

Blöde Kuh.

Hilfe suchend schaue ich zu meinem Vater. Er hatte schließlich bestimmt, dass ich im Laden bleiben müsse. Er könnte jetzt etwas sagen. Nein, er starrt nur vor sich hin.

Wir sitzen alle im Warteraum der Notaufnahme. Sogar Papa durfte nicht bei Mama bleiben. Wie oft habe ich im Fernsehen solche Wartenden gesehen und mit ihrer Hilflosigkeit mitgefühlt. Jetzt fühlt es sich aber noch um Klassen schlimmer an, als ich es mir je hätte ausmalen können.

Ich möchte meine Mutter nicht verlieren.

Bruno, unser Hausarzt, sei auch da, berichtet Papa, und das scheint ihn sehr zu beruhigen. Dabei gibt es sicher genug Ärzte hier. Das ist kaum das Problem. Was aber, wenn sie ernsthaft krank ist? Dann geht es nicht mehr um die Zahl der Ärzte. Dann nützt uns Bruno auch nichts. Und bloß, weil sie bisher immer gesund war, kann sie jetzt trotzdem schwer krank sein.

Wir sitzen also herum, Jenny, Papa und ich. Wir warten. Ich schicke Tessa eine SMS. Und dabei sehe ich, dass ich eine SMS von Simon bekommen habe.

Simon. Wir gerne würde ich jetzt seine Stimme hören.

»Wie geht es dir? Ich denke an dich«, hat er geschrieben.

»Mutter zusammengebrochen. Warte im Spital auf Diagnose«, schreibe ich zurück.

Es vergeht keine Minute, bis er antwortet:

»Bin heute Abend erreichbar. Ruf an, wann immer du willst.«

Ich schicke ihm ein »Asante sana«, ein kenianisches Dankeschön, zurück.

Nach einer endlos erscheinenden Weile kommen mehrere weißbekittelte Menschen aus Mamas Zimmer. Ich bin steif wie ein Brett, verkrampft von Zeh bis Haarwurzel. Ein Mediziner baut sich vor uns auf und meint: »Wir werden Frau Fröhlich ein paar Tage hier behalten. Sie hatte wohl eine Art Kreislaufkollaps und Nervenzusammenbruch. Es besteht aber keine Lebensgefahr, und wir verlegen sie jetzt gleich auf die Station. Wir haben ihr ein Beruhigungsmittel gegeben, und es wäre besser, wenn sie jetzt einfach schlafen könnte. Kommen Sie doch alle morgen wieder.« Dann grüßt er und rauscht davon.

Ich bin so erleichtert. Und doch auch betroffen. Ich fühle mich ein wenig schuldig. Hätte ich früher merken sollen, wie belastet meine Mutter war? Hätte ich mich mehr um sie kümmern sollen?

»Der spinnt doch, der Arzt. Warum sollte Mama einen Nervenzusammenbruch haben? Die haben doch keine Ahnung«, schimpft Jenny etwas zu laut.

Bruno, unser Hausarzt, der gerade aus Mamas Zimmer kommt, antwortet ziemlich barsch: »Jenny, ziehe bitte in Betracht, dass du womöglich auch nicht immer alles weißt, was in deiner Mutter vorgeht. Vielleicht wollte sie dir mit ihrer Krankheit genau das sagen: Frag mich mal, wie es mir geht, und hör mir dann auch zu.«

Jenny faucht: »Das muss ich mir nicht anhören! Ich habe eine großartige Beziehung zu meiner Mutter. Und als Anita noch nicht da war, ging es ihr großartig.«

»Ja?«, sagt Bruno mit zweifelndem Unterton.

Jenny rauscht tief beleidigt davon.

Bruno fährt Papa und mich nach Hause. Dort wuselt Kafka ganz hysterisch um uns herum, bellt und wedelt und hüpft und springt, alles im Wechsel. Wir sind sehr spät dran, und er dachte wohl schon, wir würden gar nicht mehr nach Hause kommen.

Bruno sagt noch zu uns: »Schaut, dass ihr eine Aushilfe findet. Helen sollte im Vorweihnachtsstress nicht mehr arbeiten müssen. Und lasst sie auf die Reise nach Kenia gehen. Das wird ihr guttun.«

Und zu Papa gewandt, fügt er hinzu: »Rede mit Helen! Meine Güte, dass ich *dir* das sagen muss, nach all den Jahren. Passt ein bisschen aufeinander auf!«

Dann verabschiedet Bruno sich.

Als wir alleine in der Küche stehen, fängt Papa an zu weinen. Noch nie habe ich ihn weinen sehen. Noch gar nie. Kafka weicht nicht mehr von seiner Seite. Ich drücke Papa sanft auf die Eckbank und mache uns beiden einen Kaffee. An Schlaf ist jetzt sowieso nicht zu denken. Natürlich sind Papa seine Tränen schnell peinlich, und er hüstelt verlegen. Ich lege ihm ein Taschentuch hin. Genau das ist doch sein Problem: sein Umgang mit Gefühlen, das Zulassen von Gefühlen. Seine Idee, er müsse immer noch der starke Alleinherrscher sein, der er vor dreißig Jahren war. Es wundert mich gar nicht, als er anfängt, vom Geschäft zu reden.

»Ich weiß nicht, wie wir das Vorweihnachtsgeschäft bewältigen sollen, ohne Helen. Und wir sollten uns doch um sie kümmern, sie besuchen. Und der Haushalt, der Hund ...«

Ich glaube, mein Vater wird noch viel lernen müssen, auf seine alten Tage. Mit seiner Verdrängungstaktik wird er nicht mehr weit kommen. Aber es ist nicht meine Aufgabe, ihn zu therapieren. Bleiben wir also beim Geschäft. Ich mache einen Vorschlag: »Wir können uns doch morgen mal zusammensetzen. Tessa würde sicher auch gelegentlich aushelfen. Tom kommt morgen nach Hause. Den können wir auch einspannen. Mit Jenny werden wir wohl nicht rechnen können. Aber sicher mit Onkel Hugo. Früher hattet ihr doch immer noch ein paar Studenten, die ausgeholfen haben?«

»Ach, die sind alle längst weg. Und neue haben wir nicht mehr eingearbeitet. Wir haben es ja gut geschafft, Mama und ich.«

Ja, das sieht man jetzt, denke ich. Total gut. Alles ist auf der Strecke geblieben, aber der Laden läuft.

»Soll ich mich mit allen kurzschließen und für morgen Abend hier eine Krisensitzung einberufen? Dann wissen wir auch schon mehr über Mamas Zustand. Wir arbeiten dann gemeinsam die Einsatzpläne um.«

»Ja, Anita, danke. So machen wir es.«

Er lächelt mich dankbar an.

Ich verschicke also E-Mails und SMS und arrangiere den Krisengipfel. Bald schon kratzt Kafka an meiner Zimmertür und verlangt Asyl. Kein Wunder: Mein Vater hat wieder eine Wagner-Oper aufgelegt.

Tessa ruft an. Hugo ruft an. Lorenzo ruft an. Tom ruft an. Vroni ruft an.

Danach schalte ich mein Handy aus. Ich bin total erledigt. Und wer weiß, was der neue Tag bringt.

»*Ain't no sunshine when she's gone … and this house just ain't no home …*«

Ich höre mir bei YouTube den schönen Song an, abwechselnd in Versionen von Sting, Bill Withers und John Waite. Sogar Kenny Rogers und Lenny Kravitz singen das Lied für mich.

»*… and this house just ain't no home, anytime she goes away …*«

Ich denke dabei lächelnd an Piero, schwermütig an Simon, und vor allem besorgt an meine Mama. Meine Musik kommt nur schwer an gegen die Pauken und Trompeten von unten.

Papa tut mir leid. Nicht wegen Wagner, sondern weil ich befürchte, er könnte Mama verlieren, obwohl mir dieser Gedanke selber vollkommen abwegig und fremd vorkommt.

Und doch ist es eindeutig: Es hat sich viel verändert, auch meine Mama, nur mein Vater bleibt sich treu. Er hat keine Ahnung, was mit ihm passiert, denn er war doch schon immer so. Warum sollte daran jetzt plötzlich etwas falsch sein? Aber wenn man über Jahre die Fehler eines Partners toleriert und akzeptiert, muss man diese dann zwangsläufig bis ans Lebensende hinnehmen? Kann nicht auch nach fünfunddreißig Jahren Ehe irgendein Tropfen das Fass zum Überlaufen bringen? Mein Vater ist ein alter Despot, ein Alleinherrscher, ein Macho. Meine Mutter hat ihr ganzes Leben seinem großen Wunsch, eine Buchhandlung zu führen, untergeordnet. Sie hat über Jahre unglaublich viel gearbeitet. Dass mein Vater ihr gemeinsames Geld in Lehman-Brothers-Aktien angelegt und verspielt hat, ihre ausdrücklichen Einwände ignorierend, hat bei meiner Mutter eindeutig zu einem Umdenken, einem Aufwachen geführt.

Ich schüttele mich ein wenig. Sind das wirklich meine Probleme? Ich bin einunddreißig Jahre alt und habe meine eigenen. Meine Eltern müssen das selber regeln.

Später stehe ich eine Weile auf meinem kleinen Balkon und schaue den Schneeflocken beim Tanzen zu. Die frische, eisige Luft tut meinem Kopf gut. Erst als die Kälte den hintersten Knochen meines Körpers erreicht hat, krieche ich ins warme Bett. In dieser Nacht holen mich meine alten Albträume wieder ein.

Am nächsten Morgen gehe ich zur Arbeit und mein Vater ins Spital. Wir haben beide nur schweigend eine Tasse Kaffee getrunken. Wir sehen übernächtigt und mitgenommen aus. Ich bin froh, dass ich im Laden so viel zu tun habe. Es werden Tonnen von

Büchern angeliefert. Vroni und ich packen aus, registrieren, räumen ein. Am Mittag löst mich Papa ab und sagt: »Mama will dich sehen. Es geht ihr nicht gut, aber sie ist nicht in Gefahr. Sie kann sich einfach kaum aufsetzen, ohne dass ihr Kreislauf verrückt spielt. Sie hat Schwindelgefühle, Übelkeit. Sie weint immer wieder.«

Er schüttelt den Kopf und brummt irgendetwas vor sich hin, das sei ja etwas ganz Neues und er verstehe das nicht. Stimmt, bisher hat meine Mutter immer funktioniert.

Als ich endlich bei ihr im Krankenhaus ankomme, ist Tom schon da. Mama sagt ihm, er könnte jetzt gehen, sie würde gerne mit mir alleine reden.

»Ich werde mich also daheim wieder wohnlich einrichten, wenn du das erlaubst«, sagt er und schlüpft in seine Winterjacke.

Ich schaue ihn fragend an.

»Ich habe keine Arbeit mehr. Es hat keinen Sinn mehr, in Berlin zu bleiben. Ich werde eine Weile bei euch wohnen«, erklärt er. Die Werbeeinnahmen der Zeitungen seien durch die Krise völlig zusammengebrochen. Ohne dieses Geld stehe die Branche schlecht da. Man habe angefangen, Mitarbeiter zu entlassen. Jetzt fange er halt wieder bei null an.

»Willkommen im Club«, sage ich, und wir umarmen uns, bevor Tom geht.

Mama sieht blass und elend aus. Sie umklammert meine Hände wie eine Ertrinkende und sagt: »Ist es nicht verrückt, wie sich in diesen Monaten plötzlich alles so verändert. Es ist, als würde sich die Erde plötzlich andersrum drehen und als könnten wir gegen die Veränderungen nichts tun.«

»Was hat sich denn verändert?«

»Vielleicht ich mich selber?«

»Ja, das glaube ich auch.«

Wir schweigen eine Weile.

»Komisch, ich glaube, du verstehst mich«, meint Mama nach einer Weile.

»Jedenfalls besser als Papa oder Jenny, oder was denkst du?«

»Jenny! Sie kam heute und hat mir die schlimmsten Vorwürfe gemacht.«

»Ach, Jenny«, lache ich nur. »Sie ist selber noch nie glücklich gewesen, und sie verweigert jedem das Recht, nach seinem eigenen Glück zu suchen.«

»Ist das nicht traurig? Trotzdem ist das keine Entschuldigung. Sie hat keine Ahnung, was bei uns abgelaufen ist, aber sie wirft mir vor, Papa im Stich zu lassen. Und du bist in ihren Augen sowieso an allem schuld. Sie schlägt einfach blind um sich. Nimm es nicht persönlich.«

»Ach, Mama, damit kann ich leben. Schau einfach mal auf dich und darauf, was du brauchst, und denk in diesen Wochen nicht zu viel über unsere familiären Verstrickungen nach. Vor allem: Werde wieder gesund! Jetzt, wo sogar Tom da ist, schaffen wir das Weihnachtsgeschäft auch ohne dich!«

Mama lächelt ein wenig schief: »Ich wollte doch

schon immer mal eine Vorweihnachtszeit einfach nur verschlafen.«

»Bestens«, grinse ich. »Dann kannst und musst du genau das jetzt tatsächlich tun. Und übrigens, ich soll dir liebe Grüße von Tessa, Hugo und Lorenzo ausrichten.«

Bei der Erwähnung von Lorenzo bekommt ihr Gesicht beinahe ein wenig Farbe.

»Rufst du Lorenzo an und sagst ihm, dass es mir gut geht?«

»Dir geht es doch gar nicht gut!«

»Trotzdem.«

»Ja, gut, ich rufe ihn an.«

»Und Anita: Ich hab dich lieb. Ich bin wirklich froh, dass du jetzt gerade da bist. Und ich freue mich auf Kenia. Bis dahin bin ich sicher wieder fit.«

Kenia.

Mama freut sich auf Kenia.

Und ich?

Ich habe Angst davor.

Was, wenn meine Panikattacken dort wieder schlimmer werden? Oder wenn ich danach nur noch mehr Mühe habe, wieder abzureisen, weil das Gefühl, Kenia sei meine wahre Heimat, wieder hochkommt? Was wird diese Reise in mir auslösen?

Am Abend halten wir tatsächlich eine Krisensitzung in unserer Küche ab. Weil Tom sich so bereitwillig zur Mitarbeit einteilen lässt, sind eigentlich schon alle Probleme gelöst. Hugo will am Morgen immer zum Auspacken kommen. Vroni wird statt achtzig jetzt hundert Prozent arbeiten. Tessa wird auf Abruf bereitstehen, wenn es Notfälle gibt. An meinem Laptop machen wir gemeinsam einen Einsatzplan, bis Weihnachten.

Weihnachten!

»Ich glaube, wir sollten auch schon mal über Weihnachten reden. Mama lädt am 25. immer alle zum Abendessen ein. Diesmal sollten wir das Treffen absagen oder woanders machen«, erkläre ich.

Papa ist empört. »Mama wird beleidigt sein, wenn wir ihr dieses Fest wegnehmen.«

»Bist du sicher?«, sage ich nur und schaue ihn an. Er hat ja nie auch nur einen Finger gerührt bei den Vorbereitungen. Und meine Mutter war an Weihnachten jeweils dermaßen erledigt von der Arbeit, dass dieses Fest schon längst einmal jemand anders hätte ausrichten sollen.

Hugo sagt: »Ich werde mit Inge reden. Sie hat so viel Platz, und sie mag riesige Feste.«

Mein Vater verschluckt sich fast. »Inge? Sie gehört ja nicht einmal zur Familie!«, ruft er aus.

»Das finde ich aber schon«, halte ich dagegen.

»Ich mag Inge«, erklärt Tom.

»Ich werde mit Mama darüber reden«, sage ich.

»Muss ich sie zuerst heiraten?«, fragt Onkel Hugo und grinst. »Ich könnte mir das schon vorstellen.«

Papa verlässt die Küche. Es ist gerade alles etwas zu viel für ihn. Die Untertanen werden aufmüpfig, und er hat keine Macht mehr über sie.

Per E-Mail erzähle ich Lorenzo, wie es Mama geht und wo sie liegt, falls er sie besuchen will.

Schon am nächsten Tag steht er bei mir in der Buchhandlung.

»Ich gehe jetzt zu Helen.«

»Schön.«

»Du hast doch nichts dagegen?«

»Wieso sollte ich?«

Er druckst irgendwie herum, und ich frage mich wirklich, ob er sich bei mir den Segen abholen will, um sich ernsthaft um meine Mama bemühen zu dürfen. Den kann ich ihm nicht geben. Ich habe keine Ahnung, wohin das alles führen wird und was wirklich gut für wen ist.

Toms Anwesenheit ist jedenfalls eine Freude. Obwohl er keine Arbeit hat und in einer schwierigen Situation steckt, verbreitet er immerzu gute Laune. Er hat noch nie in einer Buchhandlung gearbeitet, aber er wickelt die Kunden mit seinem Charme um den Finger. Wenn für eine Kundin ein gewünschtes Buch nicht lieferbar ist, verkauft er ihr die schlimmsten Ladenhüter, und die Kundin verlässt mit einem zufriedenen Lächeln unser Geschäft.

Tom versucht stets, uns alle aufzuheitern. Einmal bietet er etwa Vroni und mir eine Wette an: »Wetten, dass ich dem nächsten Kunden, wer immer es ist, eine Obama-Biografie verkaufen kann?«

Das ist Vroni dann doch zu albern und verstößt wohl auch gegen ihre Buchhändlerinnen-Ehre. Ich dagegen amüsiere mich köstlich über Toms Einfälle.

»Das ist viel zu leicht. Das könnte ja sogar ich. Wie wär's mit einer größeren Herausforderung?«, entgegne ich. Nur kurz schaue ich mich um und sage dann: »Wetten, dass du es nicht schaffst, dem nächsten Kunden, egal wer es ist, eine Straßenkarte von Finnland zu verkaufen?«

Tom sagt sofort zu.

Diese Straßenkarte ist ein Ladenhüter, und wahrscheinlich ist sie nicht einmal mehr aktuell. Wer kauft denn so etwas? Wie kommt sie überhaupt in unser Sortiment?

Ein junger Mann betritt kurz darauf nichtsahnend und unschuldig unsere Buchhandlung. Er sieht nicht gerade finnisch aus, auch nicht so, als wollte er demnächst nach Finnland verreisen. Sein Interesse gilt den Computerbüchern.

Tom steuert unerschrocken auf den Herrn zu, in der Hand seine dämliche finnische Straßenkarte. Er faltet sie großspurig aus und redet auf den Herrn ein. Sie drehen und wenden die Karte.

Ich verkaufe inzwischen eine Kinder-Bibel und einen Konsalik. Da kommt doch tatsächlich der junge Mann an die Kasse und kauft diese Straßenkarte! Sie kostet stolze achtundzwanzig Franken. Er lässt sie sich als Geschenk einpacken. Während ich die Karte in ein kitschiges rosarotes Papier einwickle, muss ich mich zusammenreißen, um nicht laut loszulachen.

Ich kann mich fast nicht mehr beruhigen. Ich bin begeistert und schockiert gleichzeitig.

Vielleicht ist Tom der geborene Verkäufer? Vielleicht sollte er ins Fernsehen gehen, wo sie in Dauersendungen irgendwelchen überteuerten Ramsch anbieten? Oder war der junge Mann einfach nur vollkommen bescheuert? Könnte man dem alles und jedes verkaufen? Wir hätten da noch ein paar andere Ladenhüter ... Oder hatte der Kunde insgeheim schon immer von einer Reise nach Finnland geträumt?

»Schade, dass wir vergessen haben, einen Wetteinsatz zu vereinbaren. Jetzt bleibt dir halt nur meine Anerkennung«, sage ich lachend. Aber da kommt Vroni und lacht auch, aber irgendwie anders. Tom wirft ihr einen beschwörenden Blick zu, aber sie sagt: »Dein Bruder kennt leider die vielen Spiegel nicht, die wir hier überall installiert haben, um jede Ecke immer im Blick zu haben.«

Was? Ich verstehe nicht.

»Er hat dem jungen Mann Geld zugesteckt. Ich habe es ganz deutlich gesehen. Tom hat die Karte selber bezahlt!«

Tom schaut wie ein begossener Pudel aus der Wäsche. Ich lache und schüttle den Kopf. Mein Bruder! Ich hätte es mir doch denken können!

Aber er hat uns aufgemuntert, die Stimmung aufgehellt. Es tut mir gut, dass er da ist. Ich kann mit ihm über alles reden. Er ist nicht wie Jenny, die vorschnell urteilt und immer einen Schuldigen sucht.

Ich arbeite auch gerne morgens mit Onkel Hugo.

Er schleppt immer noch locker die schweren Bücherkisten herum. Er lässt mich in Ruhe einen Kaffee trinken und packt inzwischen aus.

»Inge lädt uns alle, die gesamte Sippschaft, am 25. Dezember zum Abendessen ein«, erklärt er eines Morgens. Inzwischen weiß ich auch, dass Mama damit mehr als einverstanden ist.

»Gerade im Moment ist mir der bloße Gedanke an Weihnachten ein Gräuel«, hatte sie mir neulich verraten.

Onkel Hugo meint: »Schade, dass Tessa bei dir nicht so viel Erfolg hatte wie bei mir. Inge ist wirklich ein Glückstreffer. Ich könnte mir in der Tat vorstellen, sie zu heiraten.«

Sie habe eine Tanzschule in Brunnen. Er musste selber schon einige Schritte lernen. »Tanzen!«, stöhnt er und verdreht gespielt die Augen.

»Neulich habe ich doch tatsächlich einen Line-Dance-Anfängerkurs gemacht. Da war ein interessierter Mann, der aber nicht als einziger Mann in einen Kurs wollte. Also hat Inge mich überredet. Und es hat Spaß gemacht. Aber bei den Fortgeschrittenen mache ich dann nicht mehr weiter. Mein Gehirn hat so schon jedesmal gekocht.«

Line Dance!? Was Frauen alles fertigbringen!

Oder eben die Liebe.

Die Liebe.

Simon.

Die Welt scheint sich zurzeit falsch herum zu drehen, meinte doch meine Mama neulich so schön.

Genau. Zumindest eiert sie gewaltig vor sich hin.

Wäre ich noch immer in Kenia, und Simon käme zurück, ich hätte ihn mit offenen Armen aufgenommen. Warum rennt er immer in die entgegengesetzte Richtung? Nicht einmal auf den gleichen Kontinent können wir uns einigen.

Jan, meinen ehemaligen Arbeitgeber in Kenia, kann ich nicht mehr erreichen. Ich hoffe, er hat irgendwie irgendwo sein Glück gefunden.

Mit Gladys, unserer Köchin, tausche ich ab und zu eine SMS aus. Sie findet es schön, dass ich bald zu Besuch komme. Allerdings hat sie keine Ahnung, wo sie dann gerade sein wird, denn ihre Stelle im Hotel hat sie schon wieder verloren. Die Unruhen hätten das Land in seiner wirtschaftlichen Entwicklung um Jahre zurückgeworfen. Es gibt noch immer zu wenig Hotelgäste.

Voll von Freunden war mir die Welt,
als noch mein Leben licht war.
Nun, da der Nebel fällt,
ist keiner mehr sichtbar.

Inzwischen ist sogar Schnee auf meine Welt gefallen. Damit kann ich Hermann Hesse noch toppen. Wir haben einen kalten, schneereichen Winter. Mein Vater reagiert seine durcheinandergeratene Gefühlswelt mit Vorliebe beim Schneeschaufeln ab. Ich spaziere lieber mit Kafka durch die Gegend. Das tut mir gut. Nur habe ich dazu kaum noch Zeit. Ich arbeite, gehe zu Mama ins Spital, mache den Haushalt und schlafe. Tessa sehe ich auch nur bei der Arbeit, wenn sie kurz auf einen Kaffee vorbeikommt.

Nach vier Tagen im Spital kann meine Mama endlich wieder das Bett verlassen. Ihr Kreislauf ist stabil, und sie bricht auch nicht mehr so häufig in Tränen aus. Sie willigt in den Vorschlag ihrer Ärzte ein, bis Weihnachten in ein Kurhaus nach Davos zu gehen. Dort bekomme sie auch psychologische Unterstützung.

»So etwas braucht sie doch gar nicht«, erklärt mein Vater verärgert. »Sie könnte sich auch zu Hause erholen.«

»Sie braucht Abstand. Das solltest du doch gemerkt haben«, versuche ich ihm zu erklären. »Und sie könnte sich daheim nicht wirklich erholen. Sie würde dich doch ständig bedienen, uns alle bekochen wollen und wenn möglich auch noch in der Buchhandlung aufkreuzen. Das wissen die Ärzte genau.«

Ich bin selber auch nicht glücklich über diese Kur. Davos ist so weit weg. Ich werde keine Zeit haben, Mama vor Weihnachten zu besuchen. Nur mein Vater wird die Wochenenden in Davos verbringen.

Kurz vor Weihnachten spinnen die Leute. Es ist mir noch nie so aufgefallen, aber wahrscheinlich war es kaum je anders. Die Menschen sind gestresst und übellaunig. Das Weihnachtsfest löst alle möglichen

Gefühle aus, die manch einer übers Jahr tief im Keller vergraben hatte. Weihnachten ist das Fest der Liebe, der Familie. Viele haben aber weder Liebe noch Familie. Oder sie hätten lieber keine.

Ich kann ja verstehen, dass für viele Menschen das Leben nicht einfach ist, gerade in dieser Zeit, in der alle auf den Gefühlen herumreiten. Aber warum müssen *wir* das ausbaden?

Eine Frau hat mich neulich tatsächlich zum Weinen gebracht. Ich hatte sie lange beraten, und es war eine komplizierte Auswahl. Am Ende hatte sie dann doch ein Buch für ihr Patenkind gefunden. Ich verpackte es sorgfältig, nachdem sie drei verschiedene Packpapiere als zu bunt abgelehnt hatte, in Gold und Silber. Am Ende sagte die undankbare Tante zu mir, sie sei selten so unfreundlich bedient worden. Meine Mutter sei da immer ganz anders gewesen. Ihre Solidarität mit meiner Mama in Ehren, aber ich *war* nett, hilfsbereit, zuvorkommend. Wie konnte sie da dermaßen gemein sein?

Trotzdem: Es wird unglaublich viel Geld ausgegeben vor Weihnachten. Davon kann man später wieder einige Durststrecken überstehen. Leute, die das ganze Jahr über nie eine Buchhandlung betreten, kaufen plötzlich ein, als würden Bücher demnächst verboten.

»Ich hasse Weihnachten«, sagt Tom. »Immer diese verkrampften Familienfeste. Jedes Jahr, seit ich mich zurückerinnern kann, sind unsere Eltern immer am Ende ihrer Kräfte gewesen und waren gereizt. Man hatte das Gefühl, ständig auf Zehenspitzen gehen zu müssen. Dieses Jahr wird es wieder genauso sein.«

»Ihr redet über Weihnachten?«, fragt Tessa, die gerade in den Laden kommt. »Auch nicht mein Fest. Aber immerhin freue ich mich diesmal auf das Familientreffen bei Inge. Das wird sicher erfrischend anders.«

»Und ich freue mich, dass Mama wieder heimkommt. Und auf das Januarloch«, antworte ich. »Und auf Kenia.« Jetzt habe ich es zum ersten Mal laut gesagt. Ich fliege nach Kenia, und ich freue mich darauf. Irgendwie. Trotz all meiner Ängste.

Am 24. Dezember gehe ich schließlich wirklich auf dem Zahnfleisch. Unser Einkaufszentrum hat bis 16 Uhr geöffnet. Wir arbeiten zu dritt: Vroni, Tom und ich. Papa holt Mama in Davos ab. An mir bleibt also auch noch der große Einkauf hängen, die Vorbereitungen für das obligatorische Festmahl am Abend. Mein Vater – wen wundert's – besteht darauf, dass das Fest am Heiligen Abend gefeiert wird wie immer. Es gibt keine Kompromisse. Tom und ich wollten ihm den Christbaum ausreden. Keine Chance! Immerhin erklärt er sich dann bereit, die Tanne selber zu beschaffen und auch im Wohnzimmer aufzubauen. Zum Abendessen gibt es Fondue Chinoise, wie immer. Tante Tina muss aus dem Heim geholt werden, ob sie nun will oder nicht, weil das immer so war. Anschließend will er mit uns allen in die Mitternachtsmesse, denn das gehört sich so, und er muss ohnehin mit dem Kirchenchor singen.

»The same procedure as every year«, kann ich da nur sagen. Ohne Rücksicht auf Verluste.

Im Geschäft läuft am Morgen gar nichts, und am Nachmittag rennt man uns noch einmal so richtig die Bude ein. Es gibt ein paar sehr unschöne Szenen, und einmal bricht Vroni in Tränen aus, weil sie so heftig angeblafft wird. Ein paar bestellte Bücher sind nicht eingetroffen. Aber wir hatten die Kunden gewarnt. Die Bestellungen kamen zu spät, um eine Lieferung vor Weihnachten noch zu garantieren. Jetzt rasten sie aus und beschuldigen uns der Unfähigkeit. Tom beruhigt die Kunden und macht ihnen ein paar andere Geschenkvorschläge.

Es ist schon spät, als Tom und ich durch nassen Schneematsch heimwärts stapfen.

»Ein Königreich für ein heißes Bad und ein Bett«, seufze ich.

»Das Schönste wäre jetzt ein Bier vor dem Fernseher«, meint Tom dazu.

Stattdessen schleppen wir volle Einkaufstaschen heimwärts und werden jetzt Salate und Fleischsoßen kreieren. Immerhin ist der Tisch schon gedeckt. Das habe ich am Morgen in aller Frühe schon gemacht.

Mama ist soeben heimgekehrt. Was für eine Freude! Sie sieht erholt aus, ist aber sehr still. Es ist ihr unangenehm, dass wir alle so viel Arbeit hatten und immer noch haben.

»Ich weiß, wie erledigt man am Heiligen Abend ist«, sagt sie und umarmt uns.

Papa ist unterwegs, um Tante Tina abzuholen. Im Pflegeheim bekommt er dann zu spüren, dass nun einmal nicht alles planbar ist und Feste sich nicht automatisch in einer Endlosschleife jedes Jahr gleich wiederholen lassen. Er ruft an und teilt uns mit: »Tina geht es plötzlich sehr schlecht. Ich muss eine Weile bei ihr bleiben. Ich fürchte, es besteht Anlass zu großer Sorge.«

Es ist also seine Schwester, die ihm den dicken Strich durch die Rechnung macht.

»Vielleicht will sie sich nur vor dem Fest hier drücken«, flüstert mir Tom ins Ohr. »Ich könnt's verstehen.«

»Setzt euch doch erst einmal hin«, schlägt Mama vor. Wir köpfen eine Flasche Dettlinger Silber und stoßen auf ihre Heimkehr an.

Keiner hat Lust zu kochen. Wir bleiben einfach zusammen sitzen und plaudern ein wenig. Mama will alles über unsere Erlebnisse im Geschäft wissen, und sie amüsiert sich königlich über die Geschichte von der finnischen Straßenkarte. Sie erzählt im Gegenzug von ihren Tagen im tief verschneiten Davos.

»Es hat mir so gutgetan, einfach mal Zeit für mich zu haben.«

Wir öffnen noch eine Flasche von dem süßen Sekt und legen die Beine hoch. Ach, genau so lasse ich mir Weihnachten doch gefallen: gemütliches gemeinsames Entspannen.

Wenn das so weitergeht, kommt Papa plötzlich heim, und wir sind alle betrunken, aber gekocht ist noch gar nichts.

Mama hat immerhin schon den Christbaum geschmückt, genau so, wie Papa es immer haben will, mit den Kugeln seiner Großeltern, zum hundertsten Mal wiederverwertetem Lametta und der leicht schiefen goldenen Spitze von seiner Patentante.

Nach der zweiten Flasche Dettlinger Silber will gar keiner mehr in die Küche gehen. Wir sitzen im Wohnzimmer und reden über Gott und die Welt.

»Könnte es sein, dass Tante Tina heute stirbt?«, fragt Tom.

»Ach, ich würde es ihr gönnen. Sie will doch schon lange nicht mehr. Bei meinem vorletzten Besuch hat sie mich nicht erkannt und hat mich geschlagen, als ich sie anfassen wollte«, erzählt Mama. »Beim letzten Besuch war sie sehr munter und schimpfte und jammerte. Den Umzug vom Alters- ins Pflegeheim hat sie nicht mehr verkraftet. Sie war richtig böse zu den Pflegerinnen. Sie fühlte sich verraten und verkauft.«

»Und Papa wollte sie trotzdem heute zu uns holen?«, wundert sich Tom.

»The same procedure as every year«, sagen Mama und ich aus einem Mund, und dann lachen wir wieder übertrieben und lange.

Als Papa heimkommt, ist es zehn, und keiner hat gekocht. Wir sitzen immer noch in unserer Arbeitskleidung im Wohnzimmer, alle etwas angetrunken, aber fröhlich. Wir erstarren ein wenig, denn wir erwarten jetzt eine Zurechtweisung.

Papa sieht total mitgenommen aus. Immerhin war er heute nach Davos gefahren und hatte jetzt noch die Sorgen um seine Schwester. Er lässt sich einfach neben uns aufs Sofa fallen.

»Gebt mir auch ein Glas«, meint er nur.

Tante Tina sei endlich zur Ruhe gekommen. Aber es gehe ihr schlecht, und man müsse damit rechnen, dass sie die nächsten Tage nicht überlebt. Vielleicht aber doch. Keiner könne das so genau vorhersagen.

»Was haltet ihr davon, wenn ich uns eine Pizza in den Ofen schiebe und etwas Salat dazu mache? Das Fleisch können wir einfrieren«, schlägt Mama vor.

Wir sind alle einverstanden.

Wir helfen ihr beim Salat und räumen das Fondue-Geschirr und die Pfanne weg.

»Ich hätte gerne einen Tee«, meint Tom und setzt Wasser auf.

So wird unser Weihnachtsabend doch ganz anders, nämlich gemütlich und unkonventionell. Die Pizza schmeckt, und der heiße Tee dazu tut uns gut.

Später dann tauschen wir Geschenke aus. Nur Kleinigkeiten, so war es verabredet. Von Tom bekomme ich doch glatt eine finnische Straßenkarte.

Mein Vater kann darüber nicht lachen, bis wir ihm die Geschichte dazu erklären.

Als es Zeit ist für die Mitternachtsmesse meint Papa: »Ich glaube, ich werde alt. Ich mag einfach nicht in die Kirche, jetzt, so mitten in der Nacht, müde wie ich bin.«

Wir schauen uns an, und dann kommentiert einer nach dem anderen: »Aber das kannst du doch nicht machen! Denk doch mal, was deine Kunden dann denken!«

»Du, das haben wir aber *immer* so gemacht. Wir sind *immer* in die Mitternachtsmesse gegangen.«

»Wir können doch nicht einfach auf einmal alles anders machen. Die Pizza war schon schlimm genug.«

Dann können wir nicht mehr ernst bleiben und beginnen erlöst zu lachen. Wir sind ja heute fast wie eine normale Familie.

»Dann nehme ich jetzt ein heißes Bad. Mir tut einfach alles weh. Und dann gehe ich ins Bett. Ich bin total erledigt«, erkläre ich.

Tom sagt: »Ich setze mich mit einem Bier vor den Fernseher. Darauf hatte ich schon den ganzen Tag über Lust.«

Zuerst räumen wir alle gemeinsam die Küche auf.

Als ich im Bett liege, bin ich zufrieden und glücklich. Plötzlich klopft Mama an meine Zimmertür. Sie kommt mit einem kleinen Päckchen.

»Ich habe es fast vergessen. Es ist wohl heute mit der Post gekommen. Ist sicher wichtig.«

Schon ist sie wieder weg.

Das Paket ist von Simon. Ich reiße es hastig auf. In einer Medikamentenschachtel liegt ein kleiner, unförmiger Holz-Elefant. Er ist fast schon hässlich und sieht aus, als hätte der Schnitzkünstler auch zu viel Dettlinger Silber getrunken. Aber der Holzklotz ist eindeutig ein Elefant, denn er hat große Ohren und einen Rüssel. Die Erklärung finde ich in der beigelegten Notiz. Auf einem Rezeptblock steht: »Ich habe mich an meine Kamba-Wurzeln erinnert. Mein Stamm ist schließlich bekannt fürs Schnitzen. Ich habe eine kleine Werkstatt gefunden, in der ich damit angefangen habe. Der Elefant ist mein erstes Werk, das am Ende immerhin als Tier erkennbar ist. Ich wünsche dir frohe Weihnachten.« Er müsse durchgehend arbeiten, bis Silvester, steht da noch.

Mit dem kleinen Elefanten in der Hand schlafe ich erschöpft ein, ein Lächeln im Gesicht.

Am Morgen hören wir uns gelassen Wagneropern zum Frühstück an. Ich finde tatsächlich noch ein Weihnachtsgeschenk, das man wohl einfach auf dem Flurtisch vergessen hatte, dabei war es doch für mich!

Aber – verwechselt da jemand Weihnachten mit Ostern? Such dein Geschenk?

Es ist ein Buch. Ein Kriminalroman von Sascha, mit Widmung.

»Wollen wir uns wiedersehen?«, fragt er darin und wünscht mir frohe Weihnachten.

Sascha. Wer war das schon wieder?

Nein, ich will nicht ungerecht sein. Ich habe in letzter Zeit manchmal bedauert, wie ich mit ihm umgegangen bin. Er war charmant, intelligent, und wir hatten viel gemeinsamen Gesprächsstoff. Ich könnte mir durchaus vorstellen, mich noch einmal mit ihm zu treffen.

Bevor wir nach Brunnen fahren, zum großen Familienfest, besuchen wir Tante Tina. Eine Pflegerin versucht sie gerade zu beruhigen, denn sie ist ganz wild und aufgelöst. Als wir reinkommen, ruft sie: »Er war's! Er war's!«, und deutet auf meinen Vater.

Die Schwester erklärt uns, dass Tante Tina seit heute eine Halskette vermisse und glaube, bestohlen worden zu sein.

Von meinem Vater?

Das habe nichts zu bedeuten, und wir sollten das nicht persönlich nehmen, beruhigt uns die Pflegerin. *Ich* nehme das nicht persönlich. Aber ich hoffe, mein Vater als ihr Bruder und der von ihr Beschuldigte kann ebenso gelassen bleiben.

Das sei nur eine Phase, meint die Schwester. Meist finde sich der Gegenstand wieder. Manchmal habe er auch nur irgendwann in der Vergangenheit existiert.

Ich gehe aus dem Zimmer. Das halte ich nicht aus. Ich höre Tante Tina noch schimpfen wie ein Rohrspatz, während ich den Gang auf und ab laufe. Papa kommt auch raus und ist völlig schockiert. Er zittert. Er weiß, dass seine alte Schwester nicht mehr ganz bei sich ist. Aber wahrscheinlich hat er noch nie im Leben etwas gestohlen, nicht einmal ein Bonbon. Und jetzt dieser haltlose Vorwurf. Und er hat sich seit Jahren immer um seine Schwester gekümmert. Niemand sonst besucht die alte Dame noch.

Mama und Tom bleiben einige Minuten länger bei meiner Tante. Sie scheint sich zu beruhigen, denn man hört nichts mehr.

Schließlich wollen wir alle nur noch weg. Papa rast richtig davon, als möchte er so schnell wie möglich viel Distanz zum Erlebten herstellen.

Inge wohnt in einem großen Haus, in dem sie unten einen Raum mit verspiegelten Wänden hat. Sie unterrichtet selbst verschiedene Tänze und hat zudem Lehrer engagiert, die auch Yoga und Tai-Chi anbieten. Sie hat ein großes Esszimmer, das sie für uns dekoriert und einladend eingedeckt hat.

Hier treffe ich wieder auf meine Schwester Jenny samt Ehemann Jonas und Tochter Steffi. Steffis Arm ist schon wieder gesund, und sie habe nach Weihnachten ein wichtiges Turnier, den Silvester-Jugend-Cup in Luzern.

»Wir trainieren jeden Tag dafür. Heute haben wir auch schon zwei Stunden gearbeitet«, erzählt meine Schwester, als wäre es ihr Turnier. Steffi sagt ungefragt gar nichts, wenn ihre Mutter danebensteht.

Später flüstert sie mir zu: »Ich hätte euch gerne vor Weihnachten in der Buchhandlung geholfen, aber ich durfte nicht.«

»Du musst dich nie bei mir entschuldigen, Steffi. Ich kenne doch deine Mutter«, antworte ich und streiche ihr übers Haar.

Inge und Tessa servieren. Hugo gießt Wein ein. Es gibt Braten und Kartoffelbrei, dazu Salat und Gemüse, danach ein Dessert-Buffet.

Es geht uns richtig gut.

Der weihnachtliche Höhepunkt ist aber Inges Idee, zu »Jingle Bell Rock« gemeinsam einen Line Dance einzuüben. Sofort sind alle dabei, außer Papa und Jenny. Wir gehen runter in den Tanzsaal. Für mich ist das Neuland. Es fällt mir schwer, mir die Schritte zu merken. Diese dann auch noch zu längeren Abfolgen zu kombinieren, ist Schwerstarbeit für mein Gehirn. Meine Nichte neben mir hat da gar keine Probleme. Wir wiederholen die Schrittfolgen immer wieder. Irgendwann ist die Kopfarbeit getan, und wir können einfach fröhlich tanzen. Es macht wirklich Spaß. Inge gibt übers Mikrofon Hilfestellung. Das Lied kommt aus den Lautsprechern in einem irren Sound, der direkt in die Beine geht. Inge ist eine Frau, die begeistern kann. Ihr Lachen ist ansteckend und nimmt uns die letzten Hemmungen. Als sie die typischen Line-Dance-Richtungswechsel einbaut, steht immer mal einer von uns verkehrt rum. Egal. Darüber können wir lachen. Wir haben einfach nur Spaß mit Musik und Tanz. Auch Mama lacht und strahlt. Ein schönes Weihnachtsfest!

Als wir am Ende noch ein Glas Wein zusammen trinken, meint Jenny, meine unverbesserliche Schwester: »Nächstes Jahr können wir das Treffen bei mir machen. Es soll doch in der Familie bleiben.«

Sie ist so gefühllos, dass es wehtut. Jetzt hat sie sich wohl ausgegrenzt gefühlt, weil wir alle ohne sie Spaß hatten.

Aber sie hat die Rechnung ohne Hugo gemacht: »Ich finde auch, dass das Fest in der Familie bleiben sollte. Ich gebe Jenny da völlig recht.«

Er kniet sich hin vor seine Inge und fragt: »Inge, willst du mich heiraten? Ich bin zwar schon gebraucht, aber noch recht gut erhalten. Und ich liebe dich über alles. Ich möchte auch das nächste Weihnachtstreffen wieder hier feiern dürfen. Ich möchte, dass du zur Familie gehörst.«

Und Inge lässt ihn nicht hängen. Sie sagt ja.

Jetzt stoßen alle auf das Glück an, auf die Liebe, auf Inge und Hugo. Tessa verdrückt ein paar Tränen, um dann wieder zu betonen, dass sie es war, die die beiden zusammengebracht hat. Also stoßen wir auch auf Tessa an.

Ein unvergesslicher Abend!

Die gelungene Weihnachtsstimmung klingt in unserer Familie noch einige Tage nach. Meine Eltern gehen locker miteinander um. Wir fangen wieder an zu arbeiten, und im Einkaufszentrum sind wie durch ein Wunder schon alle Weihnachtsbäume verschwunden. So früh, wie sie immer aufgebaut werden, so schnell sind sie jedes Jahr auch wieder weg. Mir ist das recht.

Silvester ignoriere ich einfach.

Simon schickt mir als Neujahrsgruß eine SMS: »Yes, we can!«

Was will er mir damit sagen? Dass er ein Obama-Fan geworden ist? Dass aus uns etwas werden kann?

Er müsste wohl eher schreiben: »Yes, we could!« Wir *könnten* vielleicht zusammenkommen, wenn wir uns entscheiden könnten, auf dem gleichen Kontinent zu leben.

Yes, we can.

Spinner.

Ich sage nur: Gemüsesuppe!

Mama und ich geraten in Reisefieber. Bruno, unser Hausarzt, hat uns geimpft und uns mit Medikamenten für alle Fälle ausgerüstet. Er hat Mama sogar Einwegspritzen mitgegeben. Dabei ist die medizinische Versorgung für Touristen an der Küste hervorragend. Wer Geld hat, findet ein gutes Spital, gute Ärzte.

Mama gibt mir ihre Kreditkarte, um alles zu kaufen, was mir für die Reise fehlt. Ich habe nicht einmal mehr ein Badekleid.

Wir packen unsere Koffer für vierzehn Tage. Mama fragt mir wieder Löcher in den Bauch, ob dieses oder jenes Schuhwerk nötig oder passend sei, ob dieses oder jenes Kleid praktisch oder überflüssig sei. Anschließend ruft sie Lorenzo an und fragt ihn das Gleiche noch einmal.

Tom verlässt uns wieder. Er fliegt nach Berlin, wo ein guter Freund eine Online-Zeitung für Computerfreaks auf die Beine gestellt hat.

»Die haben lauter Computerfachleute, aber keinen, der wirklich aus der Papier-Zeitungsbranche kommt und verständlich schreiben kann.«

Sein Freund brauche ihn wirklich. »Und vielleicht wird ein Job daraus. Vielleicht ist es allerdings auch nur ein Gastspiel, eine kurze Beratertätigkeit«, sagt Tom dazu. Auf jeden Fall sei es eine gute Erfahrung. »Jetzt dürfen wir Menschen von der Papier-Zeitung den Online-Zeitungen helfen, die unsere Arbeitsplätze mit kaputt gemacht haben«, meint Tom und schüttelt den Kopf. »Aber man kann die Zeit nun mal nicht aufhalten. Also schwimmen wir halt mit. Und wenn einem das Wasser bis zum Hals steht, darf man den Kopf bekanntlich nicht hängen lassen.«

Er wird mir fehlen. Brüder sind eine feine Erfindung. Mit Schwestern habe ich etwas Mühe. Aber ich arbeite daran.

Wir besteigen am fünften Januar in Zürich das Flugzeug nach Mombasa, Kenia. Mama ist höllisch aufgeregt. Es ist ihr erster Flug überhaupt, obwohl sie in ein paar Tagen ihren sechzigsten Geburtstag feiern wird. Ich bin aufgeregt, weil ich nicht weiß, wie ich mich fühlen werde, wenn ich wieder kenianischen Boden betrete. Gut, dass Lorenzo total ruhig ist und mit einem Lächeln über unsere hysterischen Ausbrüche hinwegsieht. Er reist ja immer im Januar nach Kenia, immer ins Hotel Lion Beach. The same procedure as every year.

Seine Anwesenheit tut uns gut.

KENIA

Als wir das Flugzeug verlassen, empfängt uns die warme, feuchte Luft Mombasas. Ich halte meine Nase in die Höhe. Was duftet so exotisch, so verheißungsvoll? Ist es das süße Parfum der Frangipaniblüten?

Auf der Treppe zittern meine Beine ein wenig. Ich bin nervös. Die Wärme löst schnell meine Anspannung. Diese feuchte Hitze ist so wohltuend und umfängt mich wie eine vertraute Umarmung. Ich kann mich gerade noch zurückhalten: Ich fühle mich einen Moment lang so euphorisch, dass ich am liebsten den Boden küssen würde, so wie das der Papst manchmal tut.

Mama braucht jetzt meine Aufmerksamkeit. Sie taumelt ein wenig, und ich bin besorgt. Lorenzo ist schon an ihrer Seite.

»Mach langsam, Helen«, sagt er, lacht und reicht ihr seinen Arm. »Hier ist Afrika. Pole, pole. Immer mit der Ruhe.«

Ja, wir müssen ein wenig auf sie aufpassen. Das Klima ist ihr völlig fremd. Und sie ist noch nicht wieder richtig fit.

Es dauert dann auch prompt zwei Stunden, bis wir mit unseren Koffern den Flughafen verlassen und in den Bus unseres Reiseveranstalters einsteigen können. In Kenia heißt es: Ihr habt die Uhren, wir haben die Zeit. Wir müssen einfach nur einen Gang zurückschalten.

Liz begrüßt uns herzlich. Die Reiseleiterin, die ich damals nur flüchtig kennengelernt habe, staunt nicht schlecht, mich als Gast hier zu sehen. Sie umarmt mich und sagt: »Ich habe gehört, was euch passiert ist. Karibu. Willkommen zurück. Wenn Du mich brauchst, bin ich da.«

Sie drückt mir eine Karte mit ihrer privaten Handynummer in die Hand, und mir kommen die Tränen. Sie war nämlich nie eine besondere Freundin, aber eine der vielen guten Bekannten, die ich hier in Kenia hatte. Einer der vielen Menschen, die mir das Gefühl gaben, hier zu Hause zu sein.

Unterwegs zu unserem Hotel an der Südküste drückt sich Mama die Nase am Busfenster platt. Lorenzo und ich lächeln uns zu. Die ersten Eindrücke von Kenia sind immer umwerfend. Man sieht nicht den traumhaften Sandstrand, die grenzenlosen Nationalparks oder die wunderschönen Hotelgärten. Man bekommt dafür einen Eindruck von der Armut der Menschen, wenn man an den einfachen Hütten und Verkaufsständen vorbeifährt. Man sieht die Massen von Menschen, die am frühen Morgen schon unterwegs sind, auf dem Weg zu ihrer Arbeit oder auf der Suche danach. Meist entscheidet sich schon nach den ersten Eindrücken, wer Kenia lieben wird. Wer sieht nur den Dreck, das Elend? Wer sieht die spannende Vielseitigkeit der Menschen?

Mich faszinieren sie immer wieder aufs Neue, die Kenianer. Da steht ein Massai in Stammeskleidung mit Speer am Straßenrand. Eine junge Frau in bunten Tüchern trägt ein Baby auf dem Rücken, eine andere trippelt in Stöckelschuhen daher und trägt einen engen Minirock. Ein zerlumpter Junge schiebt eine Schubkarre mit Wasserflaschen vor sich her. Eine magere Kuh sucht zwischen dem Müll am Straßenrand nach etwas Essbarem. Ein müder Mann balanciert auf seinem Kopf einen geflochtenen Käfig mit gackernden Hühnern. Kinder in Schuluniformen sind auch schon unterwegs. Eine schwarz gekleidete, komplett verschleierte Frau huscht über die Straße. Ein Junge schiebt ein Fahrrad, das über und über mit Holzkohle beladen und behängt ist. Fahren könnte er gar nicht mehr. Ein alter Mann geht an Stöcken und zieht die Beine hinter sich her.

Wir fahren durch Mombasa, eine Küstenstadt, die ihre Schönheit nicht preisgibt, wenn man sie zu dieser Uhrzeit durchquert. Mit einer Fähre fahren wir über den Meeresarm nach Likoni. Dann rasen wir über die neu ausgebaute Straße unserem Hotel entgegen. Mama ist an meiner Schulter eingeschlafen.

Es ist hell, als wir in unsere Ferienanlage einfahren. Hotel Lion Beach.

Schon nach dem bewachten Eingangstor ist Mama wieder hellwach. Eine Horde von Affen rennt durch den Garten. Leuchtend rot blühende Flamboyant-Bäume erfreuen unsere Augen.

»Ach, Anita, ist das schön!«, meint sie ganz gerührt.

Nur sechs Leute verlassen vor unserem Hotel den Bus. Liz begleitet uns noch zur Rezeption, verabredet ein Treffen am Abend und verabschiedet sich. Die Zimmer sind tatsächlich schon so früh frei und geputzt, und dafür bin ich wirklich dankbar. Ich möchte gerne eine Weile allein sein und richtig ankommen. Es scheint noch immer nur wenige Gäste zu geben. Wir nehmen unsere Schlüssel in Empfang, und ich lotse Mama und Lorenzo durch den großen, gepflegten Park zu unserem Haus. Oleander und Bougainvilleen blühen hier in allen Farben um die Wette. Der vertraute Duft berührt mich tief in meinem Innersten. Wir haben drei nebeneinander liegende Zimmer im Parterre. Ich vergewissere mich, dass die beiden gut untergebracht sind, und entferne einen schwarzen Wurm aus Mamas Zimmer. Auch einen Gecko muss ich verscheuchen, weil er Mama Angst macht.

»Aber das sind die besten Moskitokiller«, versuche ich für die harmlose Echse zu argumentieren. Keine Chance. Das Tier muss raus. Es fällt mir schwer, dafür Verständnis zu haben, weil ich selber gerade müde bin und dringend Zeit für mich brauche. Lorenzo lacht nur und schickt mich weg.

»Ich mache das schon. Kein Problem. Hakuna matata. Ich kümmere mich schon um Helen. Geh nur.«

Hakuna matata.

Kein Problem.

Das habe ich früher auch immer fröhlich vor mich hin gesagt, ja sogar gesungen. Da hatte ich auch noch keine Probleme. Oder ich dachte, ich hätte ein Problem, wenn in der Wäscherei ein Leintuch verloren ging oder auf dem Markt keine Mangos zu finden waren, wenn unser Safari-Fahrzeug eine Panne hatte oder Gäste einfach notorisch unzufrieden waren.

Jetzt, in meinem viel zu großen Zimmer, reiße ich die Balkontüren auf, gehe in den Garten und ziehe ganz bewusst die afrikanische Luft bis tief in den hintersten Winkel meiner Lungenflügel. Ich höre das Meer rauschen und sehe auch ein kleines Stück davon. Eine meterlange Riesenechse huscht aufgeschreckt von einem Busch zum anderen.

Mir laufen die Tränen über das Gesicht. Danke, lieber Gott, dass ich wieder hier sein darf!

Es ist wie Heimkommen.

Das war es schon bei meinem ersten Besuch in Afrika. Ich habe oft nach dem Grund dafür gesucht.

Ob es daran liegt, dass wir eigentlich alle aus Afrika kommen? Eine genetische Erinnerung?

Die ältesten Knochenfunde eines Menschen stammen aus Ostafrika. Sogar Wissenschaftler sagen: Wir sind alle Afrikaner.

Plötzlich rumpelt es im Nebenzimmer, und ich höre die Schreie meiner Mutter. Ein Überfall? Nein, das kann wirklich nicht sein. Einen Moment lang bin ich wie erstarrt, übermannt von schlimmen Erinnerungen. Dann renne ich aber sofort hinüber. Wie es aussieht, hat sich das Problem bereits verflüchtigt.

»Ein Affe war hier!«, keucht meine Mutter, vor Panik noch ganz außer Atem. »Er stand plötzlich mitten im Zimmer, als ich aus dem Bad kam. Zuerst war ich noch ganz cool und wollte ihn verscheuchen, wie man es mit einer Katze tun würde. Aber dann hat er sich aufgerichtet und mich angefaucht!«

Sie sei dann vor lauter Schrecken über ihre Badetasche gestolpert.

»Und während ich noch dalag, ist der Affe an die Obstschale gegangen, hat sich eine Banane geschnappt und ist wieder davongehüpft.«

Mama lacht und weint gleichzeitig. »Dein Afrika ist ganz schön aufregend«, meint sie schließlich, schon wieder versöhnt, und putzt sich den Schweiß von der Stirn.

Ja, die Affen sind manchmal durchaus eine Plage. Oft werden sie von Hotelgästen gefüttert, und dann wundern diese sich, wenn sie die Tiere nicht mehr loswerden. Und Affen können manchmal äußerst aggressiv werden.

»Schau, dass du immer wenigstens die Moskitogittertür zumachst«, rate ich ihr.

»Gut, dass du direkt nebenan wohnst«, sagt Mama, umarmt mich und drückt mich fest an sich. Sie ist dünn geworden, zerbrechlich. Und doch auch mutiger, aufrechter, offener.

In meinem Zimmer packe ich meine Sachen aus. Dazwischen versuche ich Jan zu erreichen, auch auf seiner kenianischen Nummer. Nein, er ist irgendwie verschollen. Vielleicht will er einfach ganz neu anfangen und seine gescheiterte Existenz hier vergessen? Seine Eltern hatten in Holland ein großes Hotel, das inzwischen von seinem Bruder geführt wird. Vielleicht haben die ihn gerne wieder aufgenommen.

Auf jeden Fall werde ich in diesen Tagen einmal zu unserem Ferienresort Amani Houses gehen. Ob da noch ein Stein auf dem anderen steht? Oder ist es längst verkauft, in guten Händen, und voller Touristen aus aller Welt?

Mama und Lorenzo werden eine Safari machen. Ich habe keine Lust. Aber Mama muss unbedingt die Masai Mara kennenlernen. Ich bin froh, dass Lorenzo sie gerne begleitet.

Ich selber habe vor, hier nach und nach ein paar Menschen zu besuchen, die ich gerne hatte.

Wir nehmen uns Zeit, anzukommen, und treffen uns erst zum Mittagessen wieder. Meine Mama ist hin und weg von der wunderschönen Restaurant-Terrasse mit Blick auf das Meer. Man serviert uns nach einem Salatbuffet einen leckeren Fisch, und anschließend steht ein Dessertbuffet bereit. Lorenzo begrüßt da und dort Gäste, die er als Stammgast von früheren Aufenthalten kennt. Es ist schön zu sehen, wie gut ihm Kenia tut. Und auch Mama wirkt entspannt und zufrieden, wenn ihr auch der Schweiß in den Fruchtsalat tropft.

Die Sonne leuchtet vom Himmel und brennt auf unsere vom Winter gebleichte Haut. Trotzdem: Mama will jetzt den Strand sehen. Wir ziehen uns um und reiben uns gegenseitig mit Sonnenschutz ein. Mama setzt sich ihren geflochtenen Sonnenhut auf, und dann begeben wir uns runter zum Meer.

Ich bin selber jedes einzelne Mal neu berührt, wenn ich am Ozean stehe. Für uns Bergmenschen ist das Meer ein richtiges Ereignis, ein Spektakel, ein Naturwunder. Auch diesmal bin ich begeistert. Das Meer lädt zum Baden ein, es ist Flut. Wir lassen unsere Sachen auf den Sonnenliegen zurück, gut bewacht von den Hotelangestellten, und gehen zu dritt ganz langsam und schweigend, fast andächtig, hinein in die warme, endlose, leicht schaukelnde Wassermasse. Ich lege mich hinein, lasse mich tragen, lasse mich gehen. Das ist unglaublich wohltuend für Körper und Seele. Lorenzo krault um sein Leben. Er hat wohl Bewegungsdrang nach so vielen Stunden im Flugzeug. Mama spaziert nur vorsichtig im Meer herum, hüpft, wenn eine kleine Welle kommt, und lacht fröhlich dabei, wie ein Kind.

Dann machen wir auf unseren Liegestühlen im Schatten der Palmen ein Nickerchen.

Später möchten alle noch ein wenig den Strand entlangspazieren. Da erlebt Mama die ersten Schattenseiten von Kenia. Wir können keinen Meter gehen, ohne ständig angesprochen zu werden. Jeder will uns die Hand geben und sich gleich für die Ewigkeit mit uns verbrüdern.

»Woher kommt ihr? Wohin geht ihr? Wann seid ihr gekommen? Wann reist ihr ab?«

Ich kenne das Spiel schon. Man möchte eigentlich freundlich sein, aber es fällt einem nicht immer leicht.

Ein junger Mann sagt, als er erfährt, dass wir Schweizer sind, im schönsten Deutsch:

»Berner sind langsam, Appenzeller sind klein.«

Wir lachen. Trotzdem haben wir keine Lust, mit seinem Bruder tauchen zu gehen.

Ja, die Kenianer sind erstaunlich sprachbegabt, wenn sie nur wollen. Ich kann mich erinnern, wie ich einmal zu einem Gast gesagt habe: »Andere Länder, andere Sitten.« Da hat ein Afrikaner, der zufällig neben uns stand, in sauberem Deutsch ergänzt: »Andere Weiber, andere Titten.«

Wir haben damals Tränen gelacht und konnten uns kaum beruhigen.

Ein paar Meter weiter kommen zwei Männer, die wissen, wo man gut essen kann. Sogar ein Schneider verfolgt uns hartnäckig mit seinem Metermaß. Er möchte uns etwas auf den Leib schneidern. Meine Mutter erklärt geduldig, dass wir erst gerade angekommen seien. Das interessiert den Mann jedoch nicht. Die Frischankömmlinge sind ja am lukrativsten. Sie haben noch Geld und auch die Zeit, es auszugeben.

»Meine drei Kinder haben Malaria. Wenn ich

keine Aufträge bekomme, kann ich die Medikamente nicht bezahlen«, jammert der Schneider.

Meine Mama ist schon Wachs in seinen Händen und schaut mich Hilfe suchend an.

»Gwenda!«, sage ich recht barsch zu dem tapferen Schneiderlein. Er soll verschwinden.

»Mama, die erzählen dir alle hier auf Abruf diese und hundert ähnliche Geschichten, um an dein Geld zu kommen. Du darfst so etwas nicht glauben. Sicher sind sie alle arm und brauchen Geld, aber hier am Strand solltest du es nicht verteilen.«

»Helen, da hat sie eindeutig recht«, unterstützt mich Lorenzo.

Schon kommt eine magere Gestalt mit dicker Wollmütze und erklärt, er wisse, wo man gut Geld wechseln könne. Ein anderer will uns etwas schnitzen. Ein zahnloser Mann mit Rasta-Frisur sammelt Geld für eine abgebrannte Schule. Er hat staatlich abgestempelte Dokumente dabei, die ihn dazu berechtigen; es sind zerfledderte, vergilbte Papiere. Lorenzo lacht ihn laut aus und sagt ein paar Worte in Suaheli. Darauf rennt der Mann davon.

»Diese Dokumente hat er schon vor zehn Jahren herumgezeigt, und sie waren damals schon gefälscht«, sagt Lorenzo kopfschüttelnd.

Es ist Ebbe. Man kann also nicht einfach ins Wasser flüchten, was ich ansonsten immer gerne mache. Aber wir wollen jetzt sowieso nicht mehr weiter spazieren. Lorenzo hat schon eine rote Nase, und Mama ist müde.

Abends treffen wir uns mit der Reiseleiterin. Zum Informations-Aperitif sind elf Leute gekommen. Wir trinken etwas Kaltes, Buntes mit Schirmchen, und Liz zählt sämtliche Ausflugsmöglichkeiten auf, gibt ein paar Tipps und rät uns dies und das. Dann lädt sie uns ein, alles zu fragen, was uns beschäftigt.

Eine magere Westschweizerin möchte unbedingt mehr Kleiderbügel haben und fragt: »Gibt es hier irgendwo ein Bügeleisen?«

Na, die haben Sorgen!

Eine junge Berlinerin fragt, ob man denn nicht etwas tun könne gegen die Tiere im Zimmer.

»Ich hatte bereits Geckos drin, und einmal ist ein dicker schwarzer Wurm unter der Tür durchgekrochen«, jammert sie. Jedesmal ruft sie an der Rezeption um Hilfe, und irgendein armer Kerl muss kommen, um ihr beizustehen.

»Ich ekle mich dermaßen vor diesen Tieren!«, sagt sie und schüttelt sich.

Sie wird es schwer haben in Afrika.

Ein alter Mann reklamiert, dass im Reisebüro keiner gesagt habe, wie stark Ebbe und Flut seien. »Über viele Stunden hinweg kann man hier gar nicht schwimmen gehen. Das ist ärgerlich. Ich werde mich beschweren.«

Na, diesen Beschwerdebrief möchte ich gerne sehen. Vielleicht etwa so: *Hiermit beschwere ich mich über Ebbe und Flut und bitte Sie, diese umgehend zu entfernen.*

Einen anderen Beschwerdebrief formuliere ich

auch schon in meinem Kopf und beiße mir auf die Zunge, damit ich nicht laut lache. Ein Ehepaar fühlt sich von den Einheimischen bedrängt. Die Frau ist enttäuscht, dass überall so viele Kenianer sind, am Strand und auf den Straßen.

»Man kann die Hotelanlage ja gar nicht verlassen«, jammern sie. *Hiermit beschwere ich mich über die vielen Afrikaner in Afrika. Bitte entfernen Sie diese umgehend, weil wir sonst unser Geld zurückwollen.*

Ein Gast hat schon Sonnenbrand, eine Frau Durchfall. Liz hat für jeden ein gutes, beruhigendes Wort. Sie kennt ihre Gäste, und die immer wiederkehrenden Sorgen und Probleme bringen sie nicht mehr aus der Ruhe. Sie hat endlos Geduld und einen unwiderstehlichen Charme. Es macht mir Spaß, sie beim Arbeiten zu beobachten. Ich kann einiges von ihr lernen.

Mama und Lorenzo buchen eine dreitägige Safari in die Nationalparks Amboseli und Masai Mara. Ansonsten beschließen wir, unsere Ausflüge selber zu organisieren. Morgen zum Beispiel wollen wir mit dem Taxi nach Matuga fahren, und ich zeige Lorenzo und Mama die Amani Houses oder was davon noch übrig ist.

Ich schlafe unruhig, mit wirren Träumen, in der Nacht vor meiner Rückkehr, ja Heimkehr, nach Matuga. Was wird mich dort erwarten? Liz hat uns einen Fahrer organisiert, den ich kenne, Jacob. Er fährt uns nach dem Frühstück zu den Amani Houses, ein Stück Richtung Shimba Hills. Als er die

Straße verlässt und in den holprigen Weg zur Feriensiedlung einbiegt, bin ich richtig nervös. Vor dem Tor hält Jacob an und lässt uns aussteigen. Er macht das Radio an und legt sich auf den Rücksitz. »Lasst euch alle Zeit der Welt. Ich warte«, sagt er nur und schließt die Augen.

Dabei weiß ich ja nicht einmal, ob ich in die Anlage hineinkomme. Vielleicht können wir auch nur irgendwo reinschauen, falls keiner da ist.

Doch das Tor ist nicht abgeschlossen.

»Hodi?«, rufe ich. Hallo, darf ich eintreten? Keine Antwort. Das ist aber seltsam. Es ist alles offen – und niemand ist da?

Lorenzo öffnet das Tor, und wir treten ein. Ich sehe zwei Bilder vor mir: meine Erinnerungen und das, was jetzt daraus geworden ist. So bin ich berührt und schockiert zugleich. Es sieht alles unbewohnt aus. Es hat schon lange keiner mehr den Rasen gemäht. Ein Chamäleon nimmt vor einem Baumhörnchen reißaus. Direkt beim Tor blüht roter Hibiskus, dieser Strauch, dessen feuerrote Blüten ihren Stempel so provozierend herausstrecken.

»Schön«, sagt Mama.

An dem großen Sicherheitszaun wachsen Bougainvilleen in Rot, Rosa, Weiß und Gelb. Eine wahre Farbenpracht.

Wir gehen zum Meeting Point, dem großen Platz zwischen den Häusern, auf dem wir oft abends am Feuer saßen.

»Herrlich«, sagt Mama.

Ja, die Aussicht ist einfach wunderbar. Über Palmen hinweg sieht man hinunter bis zum Meer. Ein angenehmer Wind erfrischt. Ich bin immer gerne wieder hier hinaufgekommen, wenn ich vorher in Ukunda oder Mombasa war.

»Man hat die Solarzellen vom Haupthaus geklaut«, stelle ich fest. Der Pool sieht schlimm aus.

»Hier hat schon lange keiner mehr gebadet«, ist sich Lorenzo sicher. Das Wasser ist eine hässlich abgestandene Brühe.

Wir gehen zum Haupthaus mit der riesigen, gedeckten Veranda. Die weißen Blüten eines Frangipanibaumes verströmen ihr betörendes Parfum, das meiner Nase so vertraut ist.

»Hier haben Jan und ich gewohnt«, erkläre ich, etwas benommen.

Auch hier: Die Türen sind offen. Ich bin schockiert.

Wir gehen hinein. Das gepflegte Haus ist reichlich heruntergekommen. Man hat wohl bereits einiges geklaut. Es gibt keine Musikanlage mehr, keinen Fernseher, ein paar Möbel fehlen. Und doch: Da liegt die Gitarre von Jan. Der Kühlschrank ist eingeschaltet. Irgendjemand zahlt also den Strom. Im Kühlschrank finden wir ein paar Flaschen Bier und Käse. Genau diesen komischen, gummiartigen Käse, den Jan immer gegessen hat. Der Käse ist nur ganz leicht angeschimmelt, liegt da also bestimmt nicht seit unserer Abreise.

War Jan noch einmal hier? Wegen des Verkaufs? Kommt er wieder?

Es sieht allerdings nicht so aus, als sei das Gelände verkauft worden. Dann wäre jemand hier und würde alles bewachen.

Es ist mehr als komisch. Ich habe ein ganz und gar schlechtes Bauchgefühl. Das kann aber auch mit meinen Erinnerungen zusammenhängen.

Wir gehen auch um die anderen Häuser herum. Sie sind alle abgeschlossen und sehen gut erhalten aus.

»Ich kann mir vorstellen, dass du hier gut leben konntest«, sagt meine Mama und nimmt mich für einen Moment in den Arm. »Es ist schon etwas ganz anderes, als in einem Hotel zu wohnen. Die Häuser haben solchen Charme, und man fühlt sich hier ... anders, weit weg von jedem Alltag. Es ist, als könnte man hier wirklich freier atmen.«

Ich kann sehr gut nachvollziehen, was meine Mutter hier wahrnimmt. Diese Rundhäuser mit den Makutidächern stehen alle umgeben von Bäumen und Sträuchern. Man kann für sich sein, muss es aber nicht. Ich erinnere mich daran, dass es auf der Veranda des Haupthauses immer Tee und ein offenes Ohr für die Gäste gab. Hier wurden auch die Mahlzeiten eingenommen, die der Koch in unserer Küche zubereitete. So hatten Jan und ich kaum ein Privatleben, solange sich Gäste in der Anlage aufhielten.

»Und Anschluss an die Kenianer bekommt man hier auch schneller als im Hotel«, lacht Lorenzo und zeigt zum Tor, wo schon zehn Kinder stehen.

»Anita«, rufen sie und lachen und winken. Ich gehe zu ihnen hinüber und freue mich, sie wiederzusehen. Auch Dawa ist hier.

»Wegen dieses Mädchens habe ich damals angefangen, Suaheli zu lernen«, erzähle ich Mama und Lorenzo und zeige auf ein Mädchen in zerrissenem rosa Spitzenkleid mit kaputtem Reißverschluss am Rücken.

»Als ich hier ankam, hat mich das kleine Mädchen ständig begleitet und wollte meine Hand nicht mehr loslassen. Tagelang. Nur zum Schlafen ging Dawa heim. Und immer wieder hat sie mir tief in die Augen geschaut und gesagt: ›Anita, Kalamu!‹ Dazu klimperte sie mit ihren langen Wimpern und zeigte mir ihre Zahnlücken. Ich war gerührt und dachte an eine Liebeserklärung oder so.«

Aber die Geschichte endete leider unromantisch.

»Irgendwann habe ich in meinem Wörterbuch nachgeschaut, was denn nun Kalamu heißt: Stift! Das Mädchen wollte bloß meinen Kugelschreiber haben.«

Ein abgebrühter, enttäuschter Keniatourist würde nun wohl sagen, dass diese Geschichte die ganzen Beziehungen zwischen Weißen und Schwarzen genau auf den Punkt brächte. Wir Weißen möchten vielleicht glauben, dass wir Liebe oder Freundschaft bekommen, aber am Ende würden wir alle doch nur ausgenutzt.

Ich aber habe nur über mich gelacht.

Auch jetzt lachen wir alle. Mama sucht in ihrer

Handtasche herum und schenkt Dawa ihren Kugelschreiber. Plötzlich ist sie umkreist von allen Kindern und muss bedauernd eingestehen, dass sie nur einen Kugelschreiber dabeihat.

Ich versuche von den Kindern zu erfahren, was mit dem Grundstück hier passiert ist, aber sie wissen nicht viel. Außer dass Jan einmal da gewesen sei. Ich werde mich anderswo umhören müssen. Ich werde noch einmal wiederkommen, wenn Mama und Lorenzo auf ihrer Safari sind.

Wir sitzen noch eine Weile alle zusammen unter dem Schatten eines riesigen Mangobaumes. Es ist ein schöner, alter, knorriger Baum, wie aus dem Bilderbuch. Die Kinder rennen um uns herum. Lorenzo spielt mit ihnen mit einem Ball, der nur noch halb mit Luft gefüllt ist. Mama fotografiert die Blütenpracht und Pflanzenvielfalt, auf die wir hier schon damals stolz waren.

Ich fühle mich wohl.

Das überrascht mich.

Ich habe keine Panikattacke, keinen Heulkrampf, bin ganz ruhig.

Ich bin da, wo ich sein möchte.

Wie ein Schlag in die Magengrube fühle ich die Erkenntnis, dass wir zu schnell aufgegeben haben. Wir hätten länger kämpfen müssen. Aber wir konnten nicht mehr. Wir waren erledigt, erschöpft, ausgelaugt. Wir hätten uns nur eine Auszeit nehmen sollen. Das hier ist ein außergewöhnlicher Platz. Es wird mir erneut vor Augen geführt durch die Reaktionen von Mama und Lorenzo. Die würden sofort hier einziehen und das vornehme Hotel bereitwillig eintauschen.

Plötzlich spüre ich wieder Dawas vertraute Hände in meinen.

»Kommst du wieder hierher? Wohnst du wieder bei uns?«, fragt sie.

»Vielleicht«, höre ich mich antworten. Dabei ist das nur so ein Gefühl, und solange ich nicht weiß, was hier geschehen ist, kann es für mich ja nicht einmal ein Vielleicht geben.

Kein Möglicherweise. Kein Eventuell. Ich bin hier nur zu Besuch, ein Eindringling.

Und doch: So fühlt es sich nun einmal nicht an.

Am Nachmittag gehen wir an den Strand. Aber aus dem Schwimmen wird nichts. Wie bereits der Unzufriedene gegenüber der Reiseleiterin bemängelt hat: Dieses Meer hat ab und zu die Unverschämtheit, einfach zu verschwinden. Bei Ebbe zieht es sich wirklich sehr weit zurück. Man sieht dann das Korallenriff. Mama möchte gerne, wie viele andere, darauf herumklettern. Gut, dass mir da gerade Marco Polo begegnet. Ich kenne ihn schon lange und vertraue ihm. Ich gebe ihm etwas Geld, und schon haben wir den besten Führer. Der Junge mit dem Rasta-Haarturm und dem Bob-Marley-Shirt fischt uns aus den Wasserlöchern Seegurken, Wasserschlangen, große Seespinnen und Seesterne heraus. Mama ist begeistert und macht Fotos. Sie ist aber auch ein wenig schockiert, zu sehen, wie viele Tiere im Meer wohnen.

»Wie soll ich mich trauen, hier jemals wieder zu baden?«, fragt sie sich. Es kann einen aber auch wirklich gruseln, wenn man weiß, was in diesem schönen Meer alles zu Hause ist.

Dieses Gefühl steigert Marco Polo noch, indem er mit einem kaputten Badelatschen einen Krebs mit einer Riesenzange aus dem Wasser zieht. Die Seeigel sind auch groß und machen Angst. In einigen Wasserlöchern schwimmen die buntesten Fische, wie in einem teuren Meerwasseraquarium.

Ein gelungener, unterhaltsamer, lehrreicher Ausflug. Lorenzo hält meine Mama immer gut fest, denn es ist nicht so einfach, auf den spitzen Korallen herumzusteigen.

»Danke«, sagt Mama zu uns. »Ein unvergesslicher Nachmittag.«

Ja, Kenia bietet unendlich viel. Ich glaube, ich könnte meine Mutter wochenlang täglich aufs Neue begeistern. Das Land ist riesengroß, ungefähr vierzehn Mal so groß wie die Schweiz. Es gibt also viel zu sehen, zu entdecken, zu bewundern.

Nach dem Abendessen trinken wir nur noch ein Glas Kenya Gold in der Freiluftbar und verabschieden uns dann. Lorenzo und Mama werden drei Tage auf Safari sein, und es wird am nächsten Morgen ganz früh losgehen für die beiden. Wetten, dass Mama dann für immer mit dem Keniavirus infiziert ist?

Ich habe für die nächsten Tage meine eigenen Pläne. Ich werde nicht zur Ruhe kommen, bevor ich weiß, wo Jan steckt. Das Gefühl, er sei irgendwo hier in der Nähe, lässt mich nicht mehr los. Ich werde ein paar gemeinsame Freunde aufsuchen.

Am Morgen steht Jacob wieder mit seinem Wagen bereit. Ich habe ihn noch einmal als Fahrer angestellt. Er ist zuverlässig, günstig und kennt sich aus.

Wir fahren zuerst zu Kisavi. Er betreibt eine Wäscherei in Ukunda. Diese Wäscherei hat mich beim ersten Besuch fast umgehauen. Wie kann einer eine Wäscherei eröffnen, ohne einen Wasseranschluss zu haben? Kisavi muss sich jeden Tropfen Wasser anliefern lassen. Kein Wunder, dass er damit sparsam umgeht. Ich habe einmal beobachtet, dass er das Wasser wieder und wieder in die Waschmaschine zurückleitet. Als ich das Jan erzählt habe, meinte dieser nur, dass es ihn nicht wundern würde, wenn Kisavi am Ende die dreckige Brühe auch noch als Kaffee verkaufen würde. Er sei eben ein guter Geschäftsmann. Ja, immerhin hat er inzwischen drei Waschmaschinen und vor allem einen Generator, damit er immer Strom hat. Aber Kisavi war vor allem ein guter Freund. Seine Besuche waren immer willkommen.

Wir fahren in den Hof der Wäscherei. An endlosen Wäscheleinen flattert Wäsche in allen Farben und Größen im Wind, auch weiße Leintücher und Hotelwäsche mit Beschriftung. Daneben grasen Kühe und lassen sich von der feuchten Wäsche ihren Rücken kühlen.

Mich wundert nichts mehr.

»Anita, wie schön!«, kommt Kisavi mir herzlich entgegen. »Ihr kommt alle wieder her? Wer hätte das gedacht.«

»Wer ist alle?«, frage ich sofort hellhörig.

»Jan war bereits hier. Vor einiger Zeit. Ich sah ihn zufällig auf der Straße in Ukunda. Er sah schlecht aus. Aber als ich ihn besuchen wollte, war er weg. Und ans Handy geht er nicht ran. Ich dachte, er sei wieder in Europa.«

»Heißt das, dass er noch nicht verkauft hat?«

»Keine Ahnung. Ich habe ihn wirklich nur kurz gesehen. Wir haben kaum miteinander geredet.«

Ich erzähle Kisavi, dass ich mir Sorgen mache und dass oben in Matuga das Tor offen und sogar das Haupthaus unverschlossen sei.

»Seine Gitarre ist da. Du weißt, er geht nirgendwo hin ohne seine Gitarre.«

Kisavi lacht. Wie oft haben wir gespottet, wir würden beim nächsten Lagerfeuer auch die Gitarre verbrennen. Jan konnte uns alle dermaßen nerven, wenn er nicht mehr aufhören wollte, holländische Lieder zu singen.

Ich gebe Kisavi meine Handynummer.

»Wenn du irgendetwas hörst, bitte ruf mich an. Ich bin noch ein paar Tage hier.«

Kisavi will sich umhören. In seiner Wäscherei kommt ihm immer einiges zu Ohren. Hier gehen so viele Leute ein und aus. Er rät mir, in Matuga einkaufen zu gehen und mit den Marktfrauen zu reden.

»Niemand weiß mehr als die!«

»Ja, das hatte ich sowieso vor.«

Wir umarmen uns kurz. Kisavi muss weiter. Er habe vor, demnächst neben seiner Wäscherei einen kleinen Imbiss zu eröffnen, erzählt er zum Abschied. Kein Witz! Es würgt und schüttelt mich insgeheim, weil ich an Jans Prophezeiungen denken muss. Vor allem aber muss ich lachen, innerlich und lautlos. Kaffee trinke ich hier sicher nie!

Ich spaziere mit Jacob an meiner Seite durch Ukunda. Hier kann man nahezu alles kaufen: Gemüse, Früchte, gebrauchte Gebisse, Kleider, Telefonkarten. Das Fleisch liegt ungekühlt auf dem Boden und ist umschwirrt von Fliegenschwärmen. Auch getrocknete Fische liegen in der Sonne. Jacob und ich sind abgebrüht. Wir essen im Stehen zwei kleine, gebratene Spießchen, stark gewürzt.

Zwischen den ärmlichen Hütten streunen Ziegen und Kühe herum, auf der Suche nach etwas Fressbarem. Große Müllhaufen werden zwischendurch einfach angezündet und verbreiten einen beißenden Rauch.

In einer kleinen Kneipe trinken wir eine warme Cola.

Überall, wo ich hinkomme und jemanden auch nur flüchtig kenne, frage ich nach Jan. Die Gemüsehändlerin, Jebet, hat Jan auch gesehen. Aber nur einmal und nur kurz. »Ich glaube, er war krank«, sagt sie, weiß aber nichts Genaueres zu berichten. Sie werde sich umhören.

Das versprechen sie alle. Sie sind freundlich und freuen sich, dass ich wieder da bin. Klar, sie haben immer gut verdient an uns. Zwar kamen sie bei mir nicht mehr durch mit ihren Extra-Preisen für Weiße. Dafür kauften wir regelmäßig ein und in großen Mengen.

Wir fahren noch einmal nach Matuga hoch. Diesmal direkt an der Hauptstraße entlang, bis zur Bushaltestelle. Dort stehen ein paar kleine Marktstände. Hier habe ich auch immer wieder eingekauft. Wenn es Ware gab. Manchmal wurden gerade mal vier Tomaten und sieben Kartoffeln angeboten. Davon wird eine Gästegruppe nicht satt.

»Ja, Jan war hier. Er hat ein paar Mal eingekauft. Aber er war krank. Er hatte Fieber«, erklärt Maria. Als ich weiter nach der Krankheit frage, meint sie, er habe wohl Malaria gehabt. Nun, das wäre nichts Neues. Wir hatten alle schon mehrmals Malaria. Wir wissen, wie wir damit umgehen müssen.

»Es wäre schön, wenn ihr wiederkommen würdet. Unser Dorf vermisst euch.«

Ja, das glaube ich gerne. Unsere Gäste haben oft gebrauchte Kinderkleider mitgebracht, Fußbälle und Schulhefte. Einige haben richtige Patenschaften übernommen. Jan hat jedem Kind im Dorf seine erste Schuluniform bezahlt. Außerdem haben wir bei den Arbeitsplätzen die Leute aus Matuga immer bevorzugt. So wollten wir für ein gutes Zusammenleben sorgen. Aber hat es geholfen?

»Das war keiner von unseren Leuten hier«, sagt Maria, als ich sie an den schweren Überfall erinnere.

»Kommt doch wieder. Wir passen auf euch auf«, bettelt sie. Die drei Kinder an ihren Rockzipfeln tragen alle Kleider aus der Schweiz. Eines von ihnen kommt bald in die Schule.

Ich habe keinen Erfolg, komme einfach nicht weiter. Ich bin sicher, dass Jan irgendwo in Kenia ist, wahrscheinlich sogar hier in der Nähe. Vielleicht geht es ihm schlecht, und er braucht meine Hilfe?

Wir fahren im Ukunda Hospital und im privaten Diani Hospital vorbei. Jacob fragt dort nach Jan. Nichts.

Es ist heiß. Ich bin müde. Jacob hat auch keine Lust mehr. Wir fahren ins Hotel Lion Beach zurück.

Auf dem Weg zu meinem Zimmer treffe ich Liz. Sie hat gerade einen Arzt zu einem Gast begleitet.

»Ich warne meine Gäste immer. Wir sind hier direkt auf dem Äquator. Aber dieser Mann hat einen derartigen Sonnenbrand, das kannst du dir nicht vorstellen. Er hat sich sogar die Fußsohlen und die Ohren verbrannt«, erzählt sie und schüttelt den Kopf.

»Er muss stundenlang ungeschützt an der Sonne gebraten haben. Mein Mitleid hält sich in Grenzen, aber betreuen muss ich ihn halt doch«, seufzt sie und fragt dann: »Hast du noch Zeit für einen Drink?«

Wir setzen uns in die Freiluftbar. Ich trinke einen eiskalten Gin Tonic, Liz bestellt ein Tusker Bier. Der Platz ist bezaubernd, mit Blick aufs Meer, in dem sich gerade der Mond spiegelt. Der Wind geht wohlig durch unsere Haare.

Liz will wissen, wie es mir so ergangen ist und was ich jetzt plane. Ich erzähle. Es ist eine lange Geschichte.

»Du kommst doch wieder, oder?«

»Ich hielt das eigentlich bisher für ausgeschlossen. Aber jetzt, wo ich wieder hier bin, hätte ich schon die Kraft für einen Neuanfang.«

Aber es gibt hier natürlich kaum Jobs.

»Und was mit Jan und den Amani Houses ist, das wissen die Götter.«

Liz verspricht, sich umzuhören. Sie habe dunkel irgendwelchen Klatsch in Erinnerung. Das habe sie damals nicht wichtig genommen. Aber sie glaube, ein paar Fahrer hätten über Jan geredet.

»Anita, war Jan schwul?«

Was? Schwul?

Ich bin platt. Gerade in diesem Augenblick wird mir klar, wie wenig ich eigentlich von Jan weiß. Er hatte nie eine Freundin, und er hat nie über Beziehungen geredet.

»Es wäre möglich. Ich habe wirklich keine Ahnung. Jetzt, wo du es sagst: Ich könnte es mir vorstellen.«

Jan war oft weg. Er verschwand manchmal einfach für zwei oder drei Tage, ohne Begründung. Ich dachte, er besuche Frauen oder Prostituierte oder wen auch immer. Es ging mich nichts an.

Außerdem würde seine Neigung unser völlig unkompliziertes Verhältnis erklären. Wir lebten im gleichen Haus. Oft schliefen wir nackt und trafen uns dann zufällig nachts vor dem Badezimmer, ganz unbekleidet, und es war nie ein Problem. Wir lebten wie Geschwister, ganz offen, ohne Zwischen- oder Untertöne. Es war einfach immer gut mit Jan.

Hatte er eine Beziehung zu einem Mann? Das ist heikel in Kenia. Homosexualität ist verboten. Schwule sind schlimmen Repressalien ausgesetzt. Sie können sogar strafrechtlich verfolgt werden, und Jans Aufenthaltsbewilligung wäre sicher in Gefahr gewesen. Ich würde es verstehen, wenn er eine solche Beziehung geheim gehalten hätte. Zu seinem Schutz. Zum Schutze seines Partners. Zum Schutz unseres Geschäfts.

»In unserer Zentrale sitzt ein schwuler Schwarzer. Es ist der einzige Homosexuelle, den ich hier überhaupt kenne. Ich werde mit ihm reden«, verspricht Liz.

Sehr nachdenklich gehe ich in mein Zimmer zurück.

Als ich schon im Bett liege, ruft Mama mit Lorenzos Handy an. Er hat, wie ich, eine kenianische Simkarte. So wird es nicht teuer.

»Anita, es war einmalig. Wir haben so viele Tiere gesehen, mehr, als ich in meinem ganzen Leben gesehen habe. Und die leben hier alle vollkommen frei und friedlich, wenn sie sich nicht gerade gegenseitig fressen. Diese Weite! Diese Vielfalt! Diese Massen von Tieren! Man hat das Gefühl, als würde man noch einen letzten Zipfel des Paradieses erhaschen.« Mama lacht und wirkt glücklich. »Wir wohnen in einem Camp direkt an einem Fluss, wo man Flusspferde beobachten kann. Ich glaube, man hört sie noch im Bett brüllen. Ich habe mit dem Feldstecher genau in ihre Nasenlöcher geschaut.«

Ja, genau diese Eindrücke haben mir immer solche Freude gemacht: anderen Kenia näherzubringen und dann an ihrem Glücksgefühl teilzuhaben. Ich habe selber schon viele Touristen durch Nationalparks gefahren. Wenn ich eine gute Truppe hatte, genoss ich es jedes Mal neu. Meine Begeisterung hat sich über all die Jahre gehalten. Wenn ich einem Löwen in die Augen schaue, bin ich nach wie vor tief berührt.

Wer ist Jan? Wo ist Jan?

Ich schlafe unruhig.

Ich habe überall meine Handynummer hinterlassen. Die Buschtrommeln arbeiten jetzt für mich. Ich kann nur warten.

Ich verbringe den ganzen Morgen am Meer und in der Hotelanlage, ganz die faule Touristin. Mama hat mir ihre Kreditkarte gegeben. Ich könnte den Wellness-Bereich erkunden, mich massieren und mit heißen Ölen beträufeln lassen. Ich könnte im Hotelshop teure Souvenirs kaufen, die in China oder Hinterindien hergestellt wurden.

Nein, ich liege frech in der Sonne. Sie tut mir gut. Die Ohren werde ich mir nicht verbrennen, aber diese Wohlfühlpackung ist gratis, und ich genieße sie. Endlich wieder Sonne, so viel ich mag. Ich tanke auf, fülle meine Speicher, sorge aber für genug Sonnenschutz auf meiner Haut.

Und ich beobachte die anderen Gäste. Ein stetiger Quell der Unterhaltsamkeit.

Eine Frau studiert doch tatsächlich einen Reiseprospekt und diskutiert mit ihrem Ehemann, wo sie im nächsten Jahr hinfahren könnten. Das schockiert mich. Jetzt sind sie doch *hier*. Diese kurze Zeit kann man doch nicht verschwenden, die sollte man intensiv nutzen, genießen. Sie scheinen sich regelrecht zu zanken. Ja, so eine Entscheidung ist nicht leicht. Vielleicht sollten die beiden für die Zukunft über getrennte Reiseziele, verschiedene Kontinente nachdenken.

Ein junger Schweizer diskutiert lange und ausführlich mit einem Kellner, weil er einen Eistee bestellen möchte, was hier aber niemand kennt. Der junge Mann besteht auf seinem Wunsch und erklärt dem Kellner herablassend, was ein Eistee ist. Der Kellner lächelt unentwegt, obwohl er wahrscheinlich kaum etwas versteht. Ihm ist nichts Menschliches mehr fremd. Touristen können eine echte Plage sein, das hat er längst gelernt. Am Ende bestellt der Gast entnervt ein kaltes Bier. Aber es müsse dann auch wirklich kalt sein, nicht so eine warme Brühe wie gestern. Und er möchte auch nicht so lange darauf warten müssen wie gestern.

Ich schäme mich manchmal für meine Hautfarbe.

In unserem kleinen Ferienresort haben wir uns immer bemüht, die Gäste zu einem guten Umgang mit den Einheimischen zu animieren. Manche haben wir sogar entschieden in ihre Schranken verwiesen, wenn sie zu weit gegangen waren. Es gibt ja in Einzelfällen richtige Rassisten, die Schwarze als minderwertige Menschen betrachten. Warum kommen solche Menschen nach Afrika? Warum bleiben sie nicht zu Hause? Manchmal kann ich mich nur wundern. Ferien bringen ohnehin in vielen Menschen nicht ihre besten Eigenschaften zum Vorschein.

Was ist los? Das von mir beobachtete Ehepaar hat den Reiseprospekt fallen lassen, schreit und rennt davon. Ups! Jetzt sehe ich den Grund für die Aufregung: Im Baum über ihnen hängt eine grüne Schlange. Nun, da liegen die Nerven natürlich blank.

Alaska wäre womöglich empfehlenswert, so für die Zukunft. Aber gibt es dort nicht Eisbären? Die sieht man wenigstens. Die verstecken sich nicht hinterhältig in Baumkronen.

Jan und ich haben uns immer sehr cool gegeben, wenn um unsere Ferienhäuser herum Schlangen entdeckt wurden und Gäste in Panik ausbrachen. »Es gibt halt kein Paradies ohne Schlangen«, war unser Standardspruch. Aber in Wirklichkeit haben wir uns beide sehr vor Schlangen gefürchtet. Wir haben immer Katzen gefüttert, damit sie bei uns blieben, weil man sich erzählt, die würden vor Schlangen schützen. Wir haben sogar ab und zu die Kühe des Nachbarn bei uns grasen lassen, weil wir hörten, Schlangen würden Kuhdung hassen. Außerdem ist es wichtig, das Gras kurz zu halten, dann kommen die Schlangen weniger nahe an die Häuser heran.

Auch jetzt noch, nach all den Jahren, habe ich vor vielen Tieren Angst. Schlangen gehören definitiv dazu.

Am Nachmittag liege ich noch immer in der Sonne, und langsam stellt sich das Gefühl ein, meine Gehirnmasse heize sich ungesund auf. Das Meer bietet keine Abkühlung, es ist wunderbar warm. Ich möchte mich aber nicht aus der Sonne zurückziehen, sondern mich von ihr nach und nach auffressen lassen. Es lebe die Unvernunft!

Irgendwann kommt ein Hotelpage in Uniform und geht an jedem Liegestuhl vorbei. Er trägt eine Holztafel, auf die eine Zimmernummer gemalt ist, und klingelt mit einer Fahrradklingel dazu. Wie oft habe ich mich schon durch diese Nachrichtenträger gestört gefühlt. Aber diesmal steht doch tatsächlich *meine* Zimmernummer auf dem Schild!! Ich mache auf mich aufmerksam, und der Page gibt mir einen Zettel. Er ist von Liz: »Ich habe eine heiße Spur.

Morgen holt dich mein Kollege Bakari um neun vor dem Hotel ab.«

Bakari? Ob das der homosexuelle Mitarbeiter von Liz ist?

Ich bin wie elektrisiert. Vielleicht finden wir Jan. Aber in welchem Zustand?

Ich mache mir Sorgen. Irgendetwas ist nicht in Ordnung, da bin ich mir sicher. Andererseits bin ich ja noch ein paar Tage hier, und ich habe das sichere Gefühl, meine Anwesenheit hier sei wichtig und gut und ich könne bestimmt etwas für Jan tun.

Wir werden sehen.

Es gibt Tage, die einfach viel zu viele Stunden haben. Warten, das ist zwar etwas, das ich in Afrika reichlich habe lernen dürfen. Trotzdem: Ich scheine diese Disziplin noch immer nicht richtig zu beherrschen.

Den Nachmittag verbringe ich am Strand, allerdings im Schatten, und lese irgendeinen Roman, den ich mir aus der Hausbibliothek geholt habe. Es fällt mir schwer, mich darauf zu konzentrieren.

Beim Abendessen spielen zwei Gitarristen an den Tischen. Ich mag es gar nicht, wenn man mir in meine Suppe hineinsingt. Ich mag die Musikanten lieber auf Distanz. Die beiden sind auch nicht wirklich gut, aber voller Energie und Spielfreude. Auch an meinem Tisch singen und spielen sie, gehen aber schnell wieder weiter, als sie sehen, dass von mir definitiv kein Trinkgeld zu erwarten ist. Doch dank der Italiener am Nebentisch habe ich die Bescherung: sie legen Geld auf den Tisch, vor die Nase der Musiker. Und somit höre ich die beiden bis zum Nachtisch in voller Lautstärke, direkt neben mir. Dafür sehe ich sie jetzt von hinten, und sie stoßen ständig an meinen Tisch, bis mein Glas umfällt.

Nach dem Essen schaue ich mir eine Akrobatik-Show am Strand an, nur weil ich weiß, dass ich sowieso nicht schlafen kann.

Ich trinke zwei Gin Tonic, und das Schlafmittel wirkt. Ich höre nicht einmal, dass Mama und Lorenzo mich anrufen, so tief schlafe ich.

Bakari steht tatsächlich schon vor neun an der Rezeption. Er ist ein junger, schmaler, schöner Mann. Sein Lächeln ist unwiderstehlich. Er hat Umgangsformen wie ein Gentleman.

Ich steige in sein Auto ein, das eher ein Sammelsurium diversester Ersatzteile zu sein scheint.

»Keine Sorge«, sagt Bakari lachend, als er mein besorgtes Gesicht bemerkt. »Es bringt uns überall hin. Es ist besser, als es aussieht.«

Bakari erzählt, dass er mit Freunden gesprochen habe. Einer davon vermutet, dass Jan eine Beziehung zu einem Nassaro in Waa gehabt habe.

»Waa? Das habe ich noch nie gehört! Wo soll denn das sein?«

»Lass dich überraschen«, lacht Bakari. Er sei selber nur einmal da gewesen, weil eine Frau dort diese Geflechte für Makutidächer herstelle.

Wir fahren nach Ukunda, an Kombani vorbei,

Richtung Likoni. Irgendwann verlässt Bakari die Hauptstraße. Ein Ortsschild oder einen Wegweiser gibt es natürlich nicht. Wir fahren einfach links in den Wald hinein. Die Straße ist ein holpriger, abenteuerlicher Weg geworden. Menschen und Häuser gibt es keine weit und breit.

Der Wald ist schön, aber sind wir hier wirklich richtig? Und was, wenn hier tatsächlich ein Ort kommt? Warum sollte Jan sich hier aufhalten?

Irgendwann kommen wir auf eine Lichtung, ein sonnenbeschienener Platz mitten im dunklen Dschungel. Irgendwie schön.

»Das ist Waa«, erklärt Bakari.

Hier stehen ein paar typische Lehmhäuser, große und kleine. Sofort rennen Kinder neben uns her und kreischen. Es ist ein idyllischer Platz, keine Frage, nur arg weit ab vom Schuss. Wir fahren um sieben Ecken, nehmen fast eine vollbehängte Wäscheleine mit. Viele Autos kommen hier bestimmt nicht vorbei. Bakari hält vor einem schönen Lehmhaus mit Wellblechdach. An der Hauswand stehen Plastiksäcke, die mit Erde gefüllt sind. In den einen blühen Blumen, in anderen irgendwelche Grünpflanzen und kleine Bäumchen.

»Mary verdient damit ihr Geld«, erklärt Bakari. »Mary ist die Schwester von Nassaro. Sie hat einen grünen Daumen. Nassaro ist auf jeden Fall ein Freund von Jan, vielleicht auch mehr. Trotzdem: Wir müssen vorsichtig sein. Lass einfach mich reden.«

Eine junge Frau in bunten Tüchern und mit passendem Kopftuch kommt aus dem Haus. Sie sieht besorgt aus. Autos bringen vielleicht nicht immer Gutes. Als sie Bakari erkennt, lächelt sie. Wir steigen aus.

Die beiden reden eine Weile miteinander, im Dialekt der Digos. Ich verstehe nichts. Sie schauen immer wieder zu mir herüber. Schließlich kommt Bakari wieder zu mir, und Mary geht ins Haus.

War wohl nichts.

Ich will schon wieder einsteigen, aber Bakari hält mich auf.

»Jan ist hier«, sagt er. »Aber es geht ihm schlecht. Er kann nicht mehr gehen, er will wohl auch nicht mehr leben. Mary pflegt ihn. Nassaro sei an Aids gestorben, kurz nach eurer Abreise. Als Jan wieder hierherkam, habe ihn das schwer getroffen. Dann wurde er auch krank. Er habe sich geweigert, in ein Krankenhaus zu gehen. Er habe nur Naturmedizin getrunken.«

Wir gehen zusammen um das Haus herum. Ich habe Angst. Mir ist richtig übel. Und was mich erwartet, ist tatsächlich schlimm: Hinter dem Haus liegt Jan auf einer Matte unter einem Mangobaum. Er ist abgemagert, und seine Augen haben keinen Glanz mehr. Er stinkt und hat einen kleinen Bart. Er sieht wild und verloren aus.

»Jan«, rufe ich und setze mich neben ihn. Ich nehme seine Hand. »Jan!«

Er dreht seinen Kopf zu mir, und es wirkt, als würde selbst diese Bewegung ihn schon immens anstrengen. Einen Moment lang befürchte ich, er würde mich nicht einmal erkennen. Aber dann sagt er mit leiser, kratziger Stimme: »Anita! Dass du gekommen bist!«

Er schaut mich an, und mir laufen die Tränen über das Gesicht. Wie kann er hier liegen, in diesem Zustand? Er war ein Bär von einem Mann, ein unerschrockener, immer gut gelaunter Mensch.

»Er ist schon seit zwei Wochen hier. Und Mary hat ihn gepflegt, weil er so viel für sie und ihren Bruder getan hat«, sagt Bakari neben mir.

»Aber wir können ihn doch nicht hier liegen lassen. Wir müssen ihm helfen.«

»Anita!«, flüstert Jan wieder. Ich drücke seine Hand.

»Jan, ich bringe dich in ein Krankenhaus«, sage ich beschwörend.

»Das lohnt sich doch nicht mehr. Ich habe alles versaut. Lass mich hier in Ruhe sterben! Es dauert sicher nicht mehr lange.«

Ich überlege eine Weile. Dann frage ich: »Hast du die Amani Houses schon verkauft?«

»Nein«, flüstert er. »Ich war zu Hause in Holland. Wollte wieder im Hotel meiner Eltern einsteigen. Sie fanden, ich sei ein verwilderter Buschmensch geworden. Stimmt ja wohl auch. Sie zahlten mich aus, wollten mich einfach nur loswerden. Keine Wärme, keine Liebe, nichts. Ich dachte, ich könnte mit dem Geld Amani retten. Aber du warst ja weg. Nassaro war tot. Ich wurde krank. Mir war alles egal. Ich dachte, sterben wäre eine gute Idee.«

»Aber jetzt bin ich da, Jan. Meinst du nicht, wir könnten wenigstens ein bisschen kämpfen? Lass mich dich in ein Krankenhaus bringen! Jan!«

Jan nickt und drückt meine Hand, und er weint.

Ich berate mich mit Mary und Bakari. Mary scheint erleichtert darüber zu sein, die Verantwortung für Jan abgeben zu können. Die junge Frau hat gewiss ihr Bestes gegeben, aber sie ist völlig überfordert. Sie hatte schon Nassaro bis zu seinem Tode gepflegt.

»Wohin sollen wir ihn bringen?«, frage ich ratlos.

»Hast du Geld?«, fragt Bakari.

Ich nicke und denke an Mamas Kreditkarte.

»Dann bringen wir ihn ins Diani Hospital. Da ist er als Weißer am besten aufgehoben. Wenn sie nicht helfen können, haben sie Krankentransporter, mit denen sie ihre Patienten nach Mombasa bringen.«

Ich bin einverstanden.

Jan hustet keuchend. Dann möchte er noch etwas Wasser trinken. Wir betten ihn schließlich auf den Rücksitz von Bakaris Wagen. Wir müssen ihn tragen, denn er kann keinen Schritt mehr alleine tun. Das beunruhigt mich zutiefst.

Bakari ist sehr fürsorglich, und ich bin froh, ihn dabei zu haben. Mary weint, will aber nicht mitkommen.

Ich umarme die Frau und danke ihr. Ich werde mich später bei ihr revanchieren, nehme ich mir fest vor. Ich werde ihr Bäume und Blumen abkaufen.

Wir verlassen den schönen, sonnigen Platz, fahren wieder in den Wald hinein. Es rumpelt, aber Bakari kann nicht anders fahren. Das muss für Jan schlimm sein. Er wimmert manchmal, ist aber sonst still.

Tun wir das Richtige? Wenn er nicht einmal mehr gehen kann, wäre es dann nicht besser, er könnte sterben? Was soll er hier in Kenia tun? Wie soll er überleben?

Hat er Aids?

Ich rufe Lorenzo an. Ich muss mit Mama sprechen. Es geht vielleicht um viel Geld.

»Mama, wir haben Jan gefunden. Es geht ihm furchtbar schlecht. Wir bringen ihn in ein Krankenhaus. Kann ich mit deiner Kreditkarte bezahlen? Es könnte sehr teuer werden.«

»Aber ja, mein Kind, das kannst du. Du weißt doch: Was ich nicht ausgebe, verspielt Papa an der Börse. Mach dir also keine Sorgen!«

Ich verspreche, am Abend noch einmal anzurufen.

»Aber spät. Wir gehen jetzt wieder auf Safari.«

Sie habe sich heute zu Fuß einem Nashorn nähern dürfen.

»Ich habe großartige Fotos gemacht«, erzählt sie begeistert. »Es war so eindrucksvoll!«

Vor dem Diani Hospital hupt Bakari kurz. Wir halten direkt vor dem Haupteingang. Es kommt niemand heraus. Bakari geht hinein und kehrt mit einem Rollstuhl zurück. Wir laden Jan so behutsam wie möglich um. Inzwischen kommt ein Arzt zu uns. Nicht etwa irgendeiner.

Es ist *Simon. Der* Simon. *Mein* Simon. Der Mann, der immer die Kontinente wechselt, sobald ich auftauche.

»Anita«, sagt er nur fassungslos.

»Simon«, sage ich entgeistert.

Es ist nur ein Moment, ein Augenblick, der die Welt anhalten lässt.

Dann aber sieht Simon unseren Patienten. »Was ist mit Jan?«, fragt er.

»Das möchten wir gerne von dir wissen«, sage ich. »Wir haben ihn in einer Hütte gefunden. Er ist schon länger krank. Er wollte sterben. Er kann sich nicht mehr bewegen. Mehr wissen wir auch nicht.«

Simon rollt Jan eigenhändig in das Krankenhaus und bittet mich, die Formalitäten am Empfang zu regeln, während er die ersten Untersuchungen organisiert.

Bakari verabschiedet sich. Er gibt mir seine Handynummer.

»Wenn ich dir helfen kann, dann melde dich.«

Wie schön, dass es so hilfsbereite Menschen gibt. Natürlich gebe ich ihm Geld für seinen Einsatz. Dafür, dass er Jan gefunden hat, kann man gar nicht genug bezahlen. Aber das verlangt er auch nicht.

Am Empfang des Spitals geht es nur um Geld. Das kenne ich. Würde ich einen Einheimischen einliefern, wäre es noch viel schlimmer. Sie haben große Angst, sie könnten am Ende nicht bezahlt werden.

Ich muss also eine Zusicherung unterschreiben, dass ich alle Kosten übernehme. Sogar eine Anzahlung verlangen sie. Ich werde also auf einen Fußmarsch geschickt, um beim Automaten Geld zu holen. Ich bin froh, dass ich Jan bei Simon in besten Händen weiß.

Was macht Simon hier?

Gut, er hatte erzählt, wieder in Kenia arbeiten zu wollen. Aber ging das nicht sehr, sehr schnell? Und wenn er den Kenianern helfen will, warum arbeitet er in diesem teuren Spital, das sich kein Einheimischer leisten kann? Wird dieser Mann mir immer ein Rätsel bleiben?

Ich hole also Geld. Auf der Straße werde ich wieder ständig angesprochen. Wenn diese Menschen ahnen würden, wie wenig ich mich gerade jetzt für Tauchkurse, Diskothekenbesuche oder geschnitzte Giraffen interessiere. Ein Junge holt aus seinem dreckigen Hosensack einen Ring mit einem sehr schönen Stein.

»Just ten dollar«, will er dafür haben. Der Ring sieht sehr wertvoll aus. Er ist garantiert das Zehnfache wert, und damit ist mir klar, dass der Junge nicht legal zu diesem Schmuck gekommen ist. Ich verjage den Kerl unwirsch.

Ein Mann will mir Schweizer Uhren verkaufen. Sie sind extrem billig. »Ich *komme* aus der Schweiz«, sage ich genervt. »Und daher werde ich wohl kaum in Kenia eine gefälschte Schweizer Uhr kaufen.«

Manchmal wünschte ich mir inständig, ganz normal herumlaufen zu können, ohne ständig in Abwehrhaltung zu sein. Ich habe gerne Kontakt zu Einheimischen, aber auf diese Art der Kontaktaufnahme könnte ich gerne verzichten.

Als ich zurück in das Krankenhaus komme, hat Jan bereits die ersten Untersuchungen überstanden. Ein Malaria-Schnelltest war positiv.

»Daher könnten auch die Lähmungserscheinungen kommen«, erklärt Simon. »Aber wir müssen noch weitere Tests machen.«

Jan liegt jetzt in einem Bett. Er hängt an einem Tropf. Man hat ihn gewaschen und umgezogen. Ich nehme seine Hand, und er drückt sie noch einmal fest.

»Asante sana, Anita«, bedankt er sich.

In seinem Zimmer liegen noch drei andere Patienten. Eine Schwester bittet mich höflich aber bestimmt, zu gehen. Ich könne am Nachmittag wiederkommen.

Ich gebe Jan einen Kuss auf die Stirn und verlasse das Spital, ohne Simon noch einmal gesehen zu haben.

Simon.

Jan.

Eigentlich ist doch heute ein Glückstag.

Goldgräberstimmung.

Ich habe zwei Männer wiedergefunden.

Aber Jan macht mir große Sorgen.

Am Nachmittag gehe ich wieder ins Spital. Jan liegt im Bett und schläft. Dabei ist rund um ihn herum die Hölle los. Ein ganzes Dorf scheint den Mann im Nachbarbett besucht zu haben. Sogar am Fußende von Jans Bett sitzen ein paar Kinder. Ich schicke sie weg.

Ich nehme Jans Hand, halte sie und versuche, ihm Kraft zu geben. Ich bete zu Gott, flehe ihn an, Jan beizustehen. Irgendwann kommt Simon vorbei.

»Wir haben ihm etwas gegeben, damit er schlafen kann. Er war sehr erschöpft nach all den Untersuchungen und sehr unruhig.«

Man gehe nun davon aus, dass er eine schwere Art der Malaria habe und diese nicht oder falsch behandelt worden sei.

»Er wird überleben. Wir kriegen das hin. Es bestehen auch gute Chancen, dass die Lähmungen wieder verschwinden. Wir werden sehen. Es sieht nicht allzu schlecht aus. Er hat Glück gehabt, dass du ihn gefunden hast. Lange hätte er es ohne Behandlung nicht mehr geschafft.«

Ich bin froh, erleichtert, trotzdem besorgt.

»Können wir uns am Abend sehen? Ich hätte Zeit«, fragt Simon und schaut mir tief in die Augen, als wollte er mein Unterbewusstsein beeinflussen. Dabei schreien meine Gefühle längst: »Yes, we can!«

Wir verabreden uns im African Pot, einem Restaurant in der Nähe. Simon muss weiter. Er sieht müde aus.

Jan wacht eine Stunde später auf, und ich halte noch immer seine Hand.

»Anita, Schatteboutje«, sagt er lächelnd. Seine Stimme hat schon wieder etwas mehr Kraft. Schätzchen, heißt das, auf Holländisch. Schatteboutje. Es berührt mich, dass er wieder seinen alten Kosenamen für mich auspackt.

Jan dirigiert mich zum Kleiderschrank. Dort muss ich in seinen Hosen wühlen, bis ein Schlüssel zum Vorschein kommt.

»Es ist der Schlüssel zu den Amani Houses. Bitte schau, ob alles in Ordnung ist. Am besten wohnst du einfach wieder dort.«

Ich erschrecke ein wenig. Jan weiß gar nicht, dass ich nur für einen kurzen Urlaub hier bin. Natürlich wäre ich bei einer Neueröffnung der Ferienanlage sofort wieder dabei. Aber welche Perspektiven haben wir denn? Falls Jan ein bisschen Geld aus Holland mitgebracht hat, können wir eine Weile überleben. Aber wir müssen auch wieder ein Auto kaufen, Leute einstellen. Und wie lange brauchen wir, bis wir wieder Gäste bekommen, nach all dem, was passiert ist? Ich habe nicht mehr die Kraft, in etwas zu investieren, das keine Zukunft hat. Der letzte Abschied tat zu sehr weh.

Aber ich belaste Jan nicht mit meinen Gedanken. Soll er doch glauben, alles sei in bester Ordnung. Dann wird er schneller wieder gesund.

Liz, die Reiseleiterin, muss mir jetzt helfen. Sie hat Zeit, und ich lasse mich zu ihr ins Büro fahren. Interessiert hört sie mir zu.

»Ich brauche einen Leihwagen. Kannst du mir einen organisieren? Ab morgen?«

»Klar«, sagt sie und macht Notizen. Sie hat privat einige gute Kontakte.

»Weißt du, Anita, ich glaube, ihr solltet es euch wirklich noch einmal überlegen. Wenn Jan wieder gesund wird, könntet ihr doch noch einmal einen Versuch wagen.« Sie verstehe gut, dass wir nach dem Erlebten einfach die Nase voll hatten. Aber dass wir jetzt beide wieder hier seien, warum auch immer, das sage doch genug. »Macht euch Gedanken, was ihr tun könntet, damit ihr wieder Gäste bekommt. Vielleicht könntet ihr besondere afrikanische Nächte anbieten, dann könnte unsere Firma euch in den Ausflugskatalog aufnehmen. Und das ist nur eine Möglichkeit von vielen.«

»Du sagst: *Wenn* Jan wieder gesund wird. Meinst du, er könnte gelähmt bleiben?«

»Frag besser deinen Simon. Ich habe schon schlimme Sachen erlebt. Eine Frau von einem Angestellten ist geistig völlig verwirrt geblieben, nachdem ihre Malaria nicht behandelt wurde. Andere sind erblindet. Es gibt alles Mögliche.«

Schließlich erklärt sie sich bereit, mit mir nach Matuga zu fahren und die Feriensiedlung ordentlich abzuschließen. Obwohl ein Schloss alleine diese Häuser natürlich nicht schützen kann, das wissen wir beide. Aber wir haben wenig Zeit.

»Jan meinte, ich solle gleich da oben wohnen, das sei das Beste«, erzähle ich Liz auf der Rückfahrt.

»Warte doch, bis Helen und Lorenzo wieder da sind, dann könnt ihr alle mal oben übernachten. Dann merkst du auch, ob du vergessen und dich dort wieder wohlfühlen kannst.«

Gute Idee. Und die Antwort kenne ich eigentlich schon. Ich könnte sofort packen.

Aber heute Abend treffe ich mich mit Simon.

»Du weißt, ich bin sehr skeptisch im Hinblick auf gemischte Paare. Aber wenn einer eine Chance verdient, dann Simon«, sagt Liz. »Seit ich ihn kenne, war er immer korrekt und anständig. Dass er wieder nach Kenia gekommen ist, rechne ich ihm hoch an.«

Ja, ja.

Gemüsesuppe.

Simon und ich bestellen im African Pot ein Chicken Curry. Das haben wir hier schon oft gegessen. Dazu trinken wir ein erstaunlich kaltes Tusker Bier. Dass die Bedienung zu uns kommt und uns vor dem Essen aus einem Krug warmes Wasser über die Hände gießt, finde ich noch immer ein berührendes Ritual. Sie zwinkert uns zu; sie kennt uns schon lange und freut sich, dass wir wieder da sind.

Wir haben beide so viele Fragen, dass wir eine ganze Weile einfach nur still dasitzen. Ein kenianisches Duo spielt jeden Song als Reggae, und als sie schließlich selbst einen Pink-Floyd-Titel als Reggae-Rhythmen erklingen lassen, muss ich lachen.

»Du bist schön, wenn du lachst.«

»Manchmal muss man sich einen Anlass wirklich suchen, um noch lachen zu können.«

Simon sieht müde aus.

»Geht es dir gut?«, frage ich ihn.

»Ich arbeite viel. Ich habe an Silvester noch eine Nachtschicht in Luzern gemacht, bin dann abgeflogen und habe sofort hier angefangen, weil ein Kollege krank geworden ist.«

»Willst du wirklich in diesem Privatspital bleiben, in das fast nur Touristen kommen?«

»Nein, ich werde vielleicht ab und zu hier aushelfen, aber ich fange in zwei Monaten im Ukunda-Hospital an. Du weißt, das ist ein sehr einfaches Spital.«

Oh ja, ich erinnere mich gut. Ich war da schon mit Angestellten. Im Eingangsbereich hing damals ein Schild: »Das Gras wächst nicht schneller, wenn man daran zieht.« Damit wollten sie vornehm ausdrücken: Warte geduldig, und halt derweil die Klappe.

Einmal habe ich mit einer hochschwangeren Frau zwei Stunden gewartet, um dann, nach hartnäckiger Nachfrage, zu erfahren, dass der Frauenarzt heute gar nicht kommen könne. Immerhin waren die Ärzte meist sehr kompetent, wenn sie denn einmal da waren.

Simon wird eine Bereicherung sein. Dort wird er wirklich gebraucht.

»Bleibst du hier?«, fragt Simon, und ich spüre, dass er Angst hat vor meiner Antwort.

Aber die kann ich ihm noch nicht geben. »Was ist, wenn Jan krank bleibt? Wie sollen wir wieder an Touristen kommen? Wer garantiert mir und den Gästen Sicherheit?« Ich schüttle den Kopf und trinke einen Schluck Bier. »Simon, ich weiß es nicht. Ich ziehe es wirklich in Erwägung. Aber vorher muss so vieles gründlich durchdacht werden.«

»Lass mich euch einen Rat geben, als Kenianer: Ihr müsst Kontakt zu den Dorfältesten aufnehmen. Das Dorf ist daran interessiert, dass ihr bleibt. Also müssen sie euch beschützen. Ihr müsst ihnen sagen, wie wichtig das für euch ist.«

Das notiere ich mir im Geiste.

»Und dann müsst ihr selber die Initiative ergreifen. Bisher lief es von allein. Die Touristen haben für euch Werbung gemacht. Jetzt müsst ihr selber ran. Ihr habt ja nicht einmal eine Homepage! Ich habe einen Freund, der so etwas sehr gut kann. Noch besser wäre vielleicht, jemand aus der Schweiz macht und betreibt die Seite. Dann sieht man, dass es eine Ansprechperson in der Schweiz gibt, und das Netz funktioniert auch besser.«

Simon hat ja wirklich Ideen! Er hat total recht. Mein Bruder wird dran glauben müssen. So etwas kann der. Und von Berlin aus geht's mindestens so gut.

Auch ich bin sehr müde. Der Tag war aufregend und hat mich aufgewühlt. Wir gähnen beide im Reggae-Takt vor uns hin und beschließen, uns zu verabschieden.

»Anita, übermorgen habe ich frei. Wenn ihr in den Amani Houses übernachten wollt: Ich bin dabei. Ich halte beim Einschlafen deine Hand.«

Oh.

Ja.

Draußen, unter dem betörenden Sternenhimmel, küssen wir uns.

»Yes, we can«, ruft Simon lachend auf dem Weg zu seinem klapprigen Fahrrad.

Spinner!

We can?

Können wir?

Ich weiß gar nichts mehr.

Simon verschwindet in der Nacht.

Wieder zurück im Hotel, besuche ich erstmals den klimatisierten Internetraum und beschreibe Tessa meine Erlebnisse und meinen chaotischen Gemütszustand. Auch meinem Vater schicke ich einen kurzen Gruß. Tom bekommt mehr als ein paar Zeilen. Ich frage ihn, ob er uns – im Falle eines Falles – eine Homepage basteln könnte. Die Fotos hätte er ja bereits gemacht, als er uns damals besucht hat.

Am nächsten Morgen hält mich nichts mehr: Sobald ich meinen Mietwagen habe, fahre ich nach Matuga zu den Amani Houses. Ich öffne alle Häuser und kontrolliere sie. Es hat sich einiges Ungeziefer darin breitgemacht. So ist das immer. Auch wenn die Häuser nicht bewohnt sind, müssen sie ständig gereinigt werden. Sonst ziehen alsbald Ameisenstraßen durch den Kleiderschrank, Kakerlaken tummeln sich, Spinnen bauen riesige Netze. Außerdem wohnen in den Naturdächern alle möglichen Viecher, die ihre Hinterlassenschaften herabrieseln lassen. Ich fange an zu putzen. Das war bisher nie meine Arbeit, aber das hatte nichts mit Rassismus zu tun. Jan musste mindestens fünf Angestellte aus Kenia beschäftigen. Natürlich war eine Putzfrau darunter. Jetzt macht es mir Freude, selbst Hand anzulegen. Ich tue einfach so, als könnte ich tatsächlich an einen Neuanfang glauben. Ich wische und fege, kontrolliere die Betten und Badezimmer. Ich verjage die Insekten mithilfe einiger Sprühdosen, lasse das faulige Wasser aus dem Pool auslaufen und entferne mit dem Rechen Laub und Blütenblätter aus dem Gras. Dann erst gehe ich zum Haupthaus und schaue mein Zimmer an. Ich habe im Erdgeschoss gewohnt, in einer kleinen Kammer mit riesiger Glasschiebetür. Jan bewohnte das große Zimmer oben unter dem Makutidach, wo immer ein Lüftchen geht. Beide Räume sind okay. Es fehlen einige Dinge, aber man könnte hier jederzeit wohnen. Im Haupthaus putze ich besonders gründlich, räume alles auf. Dass der Fernseher und die Stereo-Anlage weg sind, bedauere ich gar nicht groß. Eigentlich haben die Gäste es geschätzt, hier nicht belästigt und berieselt zu werden. Für die Zwangsunterhaltung am Lagerfeuer hat Jan jeweils mit seiner Gitarre gesorgt. Ja, es hat mich oft genervt. Und jetzt wäre ich so dankbar, er könnte wieder hier sein und seine Lieder spielen. Ich würde am lautesten applaudieren.

Ich wische und wasche und räume auf, bis mir alles wehtut. Und doch ist es ein schönes Gefühl, sich so zu spüren. Dann setze ich mich vor das Haupthaus, auf die große gedeckte Veranda, und träume vor mich hin. Ich stelle mir vor, wie hier alles immer voller Leben war. Wir hatten oft einheimische Besucher, die natürlich auch kamen, weil es bei uns immer Tee und ein paar Kekse gab. Die Touristen liebten es, wenn wir sie mit Einheimischen zusammenbrachten, die ihre Geschichten erzählten. Die Dorfleute wussten, dass wir nicht gestört werden wollten, wenn das Tor geschlossen war. Das funktionierte gut.

Ich muss lächeln, als mir Amin in den Sinn kommt. Er war ein wirklicher Gewinn für unseren Betrieb, denn er sah großartig aus in seiner Massai-Tracht. Auf den Safaris war er eines der beliebtesten Motive für die begeisterten Fotografen. Und abends erzählte er vom Leben bei den Massai, so unterhaltsam und spannend, dass ich mir selber immer wieder gerne die gleichen Geschichten von ihm angehört habe. Bis Jan irgendwann herausfand: Amin war gar kein Massai. Er spielte nur den Massai, weil damit Geld zu verdienen war. Ich war tief enttäuscht. Jan hat tagelang immer wieder gelacht. Vor allem über sich selber.

»Ich bewundere diesen Kerl. Der war doch wirklich gut. Und er hatte eine Geschäftsidee. Wir werfen den Kenianern doch immer vor, dass sie zu wenig Eigeninitiative hätten und keine innovativen Ideen. Amin hatte das alles.«

Dennoch: Für unsere Gäste haben wir ihn nicht mehr engagiert. Das hat uns Amin nicht verziehen, und er kam nie mehr zu Besuch. Das war die zweite Enttäuschung, denn ich betrachtete ihn als einen Freund.

Wenn Jan nicht mehr gesund wird, kann er hier nicht leben. Unsere ganze Anlage ist voller Stufen und Treppen. Ich schüttle den traurigen Gedanken ab.

Habe ich nicht immer in diesen ganzen Lebenshilfebüchern in unserer Buchhandlung vom Visualisieren gelesen? Ich sitze also da und schaue hinein in unser Ferienparadies. Ich sehe Touristen am Pool herumliegen. Zwei Kinder planschen im Wasser. Jan sitzt neben mir und spielt Gitarre. Gladys kocht, und die exotischen Düfte lassen meine Nase jubilieren. Ich sehe und rieche alles deutlich. Und die Schönheit des Platzes muss ich nicht einmal im Geiste erfinden, denn sie ist da, auch wenn das Gelände zurzeit ein wenig verwildert ist.

Ich muss mich losreißen und zu Jan ins Spital fahren. Und dann kommen Mama und Lorenzo zurück.

Ich schließe alles sorgfältig ab. Vielleicht übernachte ich morgen wirklich hier.

Mit Simon?

Yes, we can?

Im Diani Hospital treffe ich Jan wieder schlafend an. Die Krankenschwester betont aber, er sei auf einem guten Weg. Er bekomme starke Medikamente, aber er vertrage sie gut.

Ich setze mich eine Weile zu ihm und halte seine Hand.

Danach fahre ich ins Hotel, in dem Lorenzo und Mama bereits wieder eingetroffen sind.

»Es war traumhaft schön. Ich bin so glücklich, dass ich das alles erleben durfte«, schwärmt Mama und strahlt übers ganze Gesicht. Dann zählt sie begeistert all die Tiere auf, die sie gesehen hat: Elefanten, Leoparden, Löwen, Hyänen, Flusspferde, Giraffen und immer so weiter. Ich lache.

Sie seien beide schmutzig und erledigt, aber überaus zufrieden. Ich schaue neugierig vom einen zum anderen.

»Wir hatten auch viel Zeit, miteinander zu reden. Und wir wissen nun, wohin wir gehören. Wir sind Freunde, mehr nicht«, lacht Mama. »Lorenzo hängt noch immer an seiner Lucia. Und ich gehöre einfach zu meinem Mann. Ich kann vielleicht versuchen, ihn noch ein ganz klein wenig zu verändern. Ansonsten nehme ich ihn, wie er ist. Aber ich lasse es mir nicht nehmen, mich selber zu verändern. Das muss er ertragen.«

»Du bist ja längst dabei. Sonst wärst du jetzt nicht hier«, antworte ich.

»Ja, und ich hätte eher kommen sollen. Ich hätte an deinem Leben Anteil nehmen sollen. Aber ich habe gar nie versucht, mich gegen Ferdinand durchzusetzen. Er war dagegen, also ließ ich es. Das war blöde. Ich hätte dir helfen können, wenn ich dich und das alles hier besser verstanden hätte.«

Jetzt schaltet Lorenzo sich ein: »Wir haben viel über dich und die Amani Houses gesprochen.«

Wir setzen uns in die Freiluftbar. Sie wollen etwas mit mir besprechen.

Mama sagt: »Ich könnte dir ein unbefristetes zinsloses Darlehen geben. Das könnte euch für den Anfang helfen.«

Ich staune.

Nun folgt Lorenzos Einsatz: »Ich könnte dir auch etwas Geld geben. Und ich würde in Zukunft zweimal im Jahr bei euch Urlaub machen, statt ins Hotel zu gehen. Hier kann ich ja jederzeit einen Tageseintritt lösen. Dann habe ich den Strand zur Verfügung und kann meine Bekannten besuchen.« Er hat aber auch noch andere Ideen: »Ich könnte mir vorstellen, dass wir gemeinsam eine Reise für Senioren organisieren. Ich würde versuchen, eine Reisegruppe zusammenzubekommen.«

Und schon ist Mama wieder dran: »Ich finde, du solltest einmal im Jahr nach Hause kommen. Dann könnten wir eine kleine Vortragstour organisieren und so die Amani Houses bekannt machen. Wir könnten zudem Flyer und Plakate in der Buchhandlung auslegen. Meine Freundin Rosi – die mit dem großen Reisebüro – hätte vielleicht auch noch Vorschläge.«

Ich bin gerührt. Die beiden haben sich wirklich über mein Leben Gedanken gemacht.

»Tom würde uns eine schöne Homepage machen«, gebe ich dazu bekannt. »Das hätten wir ja längst schon haben sollen.«

Ich erzähle ihnen auch von meinen Gedanken, Hühner und Ziegen zu kaufen. Dazu könnte man mehr Gemüse und Obst anpflanzen. So könnte man – und das wäre vor allem in Notzeiten interessant – stärker auf Selbstversorgung setzen.

»Aber alles steht und fällt mit dem, was Jan vorhat. Und ob er wieder gesund wird«, beende ich unser Brainstorming und wische mir ein paar Tränen von der Wange.

»Ich danke euch, dass ihr uns helfen wollt. Inzwischen bin ich sicher, ich würde es noch einmal probieren. Aber ihr seht: Die Hotels sind immer noch halb leer. Die ganze Sache wird viel Zeit und Initiative brauchen.« Dann unterbreite ich den beiden meinen Vorschlag: »Ich würde euch einladen, morgen in Matuga zu übernachten. Simon wird auch kommen. Ich koche uns etwas Kenianisches, wir machen ein Feuer, sitzen zusammen. Was meint ihr?«

Ohne Zögern sind sie sofort dabei. Und dann muss ich ihnen noch von Simon erzählen. Über ihn wollen beide alles ganz genau wissen.

»Also, ich würde es sehr beruhigend finden, wenn da noch ein Mann wäre, der auf dich aufpassen könnte«, erklärt Mama. »Und dann ist er auch noch Arzt, das ist doch großartig.« Ihr hatte Simon ja sowieso schon auf den ersten Blick gefallen. Da renne ich wohl offene Türen ein.

Frisch geduscht und umgezogen gehen wir zusammen zum Abendessen und verbringen einen gemütlichen Abend. Später tanzen und springen Massai in der Poolbar. Einer holt Mama auf die Bühne, und Lorenzo fotografiert, während sie mit der Gruppe mittanzt, mit hochrotem Kopf vor Verlegenheit und Aufregung. Bei den Massai habe ich immer die Geschichte von Amin im Hinterkopf und beäuge sie misstrauisch. Ihr Zauber erreicht mich nicht mehr so leicht. Aber Mama kauft eine Maske und einen Speer. Wie will sie den transportieren? »Hakuna matata«, habe der Massai auf ihre diesbezügliche Frage geantwortet.

Kein Problem. Klar. Dass das dann nicht mehr *sein* Problem ist, wird er gedacht haben.

Ach, ist das Leben schön. Ich erlaube mir wieder, meinen afrikanischen Traum zu träumen. Und das tut so gut. Er ist mein Lebenselixier. Er richtet mich auf.

»Yes, we can!«

Vielleicht wirkt Obamas Wahlspruch wie ein afrikanischer Zauber, wenn man ihn nur oft genug sagt? Plötzlich glaubt man daran.

Mama und Lorenzo wollen sich nicht erst gegen Abend abholen lassen. Sie wollen mit mir einkaufen gehen, beim Kochen dabeisein, den ganzen Tag in Matuga genießen. Sie wollen Jan besuchen. Ein volles Programm also.

Ich mache mir eine Einkaufsliste und schlafe um Mitternacht ein, mit einem Lächeln im Gesicht.

Ja, das gefällt meinen Gästen, dass ich sie im eigenen Mietwagen herumfahren kann. Sie bewundern gebührend meinen frechen, afrikanischen Fahrstil und dass ich den Linksverkehr längst im Blut habe.

Nach dem Frühstück fahren wir zu Jan. Er ist wach. In seinem Krankenzimmer sind schon wieder viel zu viele Leute. Es gibt doch ohnehin zu viele Patienten, aber mit dieser Besucherschar ist es wirklich kaum auszuhalten. Jan nimmt es jedoch mit Gelassenheit. Vielleicht haben die Medikamente dazu beigetragen.

»Schatteboutje!«, ruft er, als er mich sieht. Schätzchen.

»Ich dachte schon, du warst nur ein schöner Traum.«

Er nimmt meine Hand und zerquetscht sie fast. Ein paar Tränen rinnen über seine eingefallenen Wangen.

»Bleibst du hier?«, fragt er flehend. »Wir könnten es noch einmal versuchen. Ich habe aus Holland etwas Geld mitgebracht. Es liegt noch auf der Bank.«

Jetzt jubelt es in mir gewaltig.

Er will.

Ich will.

Wir haben die nötigen Mittel für den Start.

Yes, we can!

Wenn da nur nicht seine Lähmung wäre …

Ich muss nicht gleich antworten, denn Jan hat nun meine Mutter entdeckt und Lorenzo. Ich stelle sie ihm vor.

»Wir wollen euch helfen«, sagen die beiden und erzählen Jan von ihren Ideen. Ich erzähle von der Homepage und meinen Vorstellungen, auf Selbstversorgung zu setzen. Auch berichte ich von Simons Vorschlag, dem Ältestenrat von unserer Sorge um die Sicherheit zu erzählen.

Ist das nur Einbildung, oder hat sein Gesicht schon wieder etwas Farbe bekommen, nur vom Zuhören?

»Jetzt habe ich wieder Lust zu kämpfen. Jetzt will ich wieder gesund werden. Jetzt weiß ich wieder, wozu«, sagt Jan gerührt.

Unser Besuch findet ein abruptes Ende, denn der Patient im Nachbarbett, ein Russe, bekommt einen Tobsuchtsanfall. Er hat sich die Infusion aus dem Arm gerissen und blutet stark. Er schreit, und wir haben keine Ahnung, was los ist. Die Krankenschwester bittet uns, zu gehen. Ich sehe gerade noch, wie Simon angerannt kommt.

»Ich warte heute in Matuga auf dich!«, rufe ich ihm zu. Er reckt den Daumen hoch und rennt weiter.

Was für ein Job!

Ich gehe mit Lorenzo und Mama einkaufen. Für das Abendessen habe ich ein Pilau geplant. Das ist mit Zimt und Kardamon gewürzter Reis, der mit gebratenen Rindfleischstücken gemischt wird. Dazu gibt es Sukuma Wiki, eine Art Spinat, der so aussieht, als würde man ihn auf jeder beliebigen Wiese pflücken können. Für das kleine Mittagessen hole ich noch ein paar Früchte. Auch an Getränke müssen wir denken. Bier und Kenya Gold. Ansonsten gibt es Chai, einen typisch afrikanischen Schwarztee, für den man die Teeblätter schon mit der Milch aufkocht. Ich kaufe auch für jeden eine große Wasserflasche. Unser Wasser hier kann man nicht trinken, jedenfalls nicht, ohne es vorher abzukochen.

An der Kreuzung von Kombani halte ich noch einmal kurz und kaufe bei den Frauen am Straßenrand Mandazi, in Fett gebratene Krapfen.

Eine gute Köchin bin ich nicht. Aber ich habe Gladys ein paar Dinge abgeschaut. Sie würde sich wohl kranklachen über mich, schon beim Einkaufen. Sicher habe ich das falsche Fleisch und zu teure Früchte gekauft. Aber ich gebe mir Mühe.

In den meisten Metzgereien möchte ich mich ohnehin sofort und für alle Zeiten zum Vegetarismus bekennen. Es mangelt an Kühlanlagen, und das Fleisch liegt offen herum. Überall sind Fliegen. Die Auslagen wirken unhygienisch, geradezu gesundheitsgefährdend. Aber wie sagte Jan immer so schön: »Was uns nicht umbringt, macht uns stärker.« Also Augen zu und durch.

Am späten Mittag kommen wir in Matuga an. Bevor wir die eingekauften Sachen ausladen, öffne ich Lorenzo und Mama je eines der kleinen Gästehäuser. »Normalerweise hätten die Gärtner die Eingangstore jetzt mit Blumengirlanden geschmückt. Ich heiße euch aber trotzdem von Herzen willkommen. Karibu! Richtet euch ein. Ich gehe jetzt Tee kochen. Ihr könnt jederzeit rüberkommen, und dann gibt es einen kleinen Imbiss.«

Die beiden sind ganz aufgeregt.

Ich auch.

Ich bewege mich ein wenig unsicher in meinem längst abgeschriebenen Traum. Kann man Träume aufwärmen, wie Gemüsesuppe?

Jedenfalls singe und pfeife ich fröhlich vor mich hin, während ich die Küche einrichte. Es fühlt sich alles so gut an, so vertraut.

Plötzlich fahre ich zusammen, denn eine kleine, kühle, klebrige Hand schiebt sich in meine. Dawa hat sich angeschlichen. Sie strahlt mich an.

»Bist du jetzt wieder hier?«, fragt sie.

»Ja«, sage ich. Und das ist keine Lüge. Denn ich bin ja jetzt eindeutig hier.

Geschickt hilft sie mir, den Tisch auf der Veranda zu decken. Zuerst legt sie eine Tischdecke auf, dann platziert sie die Teller und Tassen. Sie trägt stolz die Mandazi heraus und hilft mir, Mangos und Bananen schön aufzuschneiden. Wir stellen den Tee dazu. Dann gehen wir gemeinsam durch den Garten und holen für die Tischdekoration ein paar schöne Blüten. Ich habe das schon hundertmal mit Dawa gemacht. Anfangs hat sie dabei allerdings eher gestört, jetzt ist die Zehnjährige schon eine echte Hilfe.

Als Mama und Lorenzo kommen, warten wir

beide auf den Treppenstufen vor dem Haupthaus. Sie sehen zufrieden aus. Meine Gäste. Mama hat sich prima erholt. Kenia scheint ihr gut zu bekommen.

Wir sitzen zusammen und essen und trinken.

Mandazi sind eine fettige Angelegenheit. Aber ich erinnere mich an Gäste, die sich Mayonnaise gekauft und in die aufgeschnittenen Mandazi geschmiert haben. Dabei ist das Gebäck leicht süß. Es hat mich zwar geschüttelt, aber ich habe diesen Extrawunsch in unserer Kartei vermerkt. Würden sie wiederkommen, hätten sie Mayonnaise auf dem Tisch. Ich notierte mir die Vorlieben meiner Gäste immer genau.

Wir selber essen lieber ein paar Früchte dazu.

»Du bist so nachdenklich«, meint Lorenzo fragend.

»Ja, mir gehen tausend Dinge durch den Kopf«, entschuldige ich mich. »Ich frage mich, wie intensiv ich meinen afrikanischen Traum schon wieder träumen darf. Soll ich schon mal den Gärtner kommen lassen, damit er den Rasen mäht? Das wäre gut, damit die Schlangen uns nicht zu nahe kommen.«

»Ja, mach das!«, sagt Lorenzo. »Ich habe selber schon einmal versucht, mit einem dieser komischen Säbel das Gras zu schneiden, aber ich habe mich total lächerlich gemacht.« Er würde aber gerne beim Zaun ein paar Stellen ausbessern, wenn ich ihm sagen könne, wo das Werkzeug ist. Mama möchte Nadel und Faden.

»Ein paar Säume bei den Vorhängen hängen herunter. Die könnte ich flicken.«

Ich solle ruhig sagen, wo sie sich nützlich machen könnten, erklären meine Gäste.

Trotz all der guten Vorsätze beschließen wir, zuerst eine Siesta zu machen. Vor jedem Haus gibt es eine Veranda mit einem Liegestuhl. Dahin verschwinden meine Gäste. Ich schicke Dawa heim und lasse mich selber auch nieder, lausche den Vögeln und rieche den bezaubernden Duft der Frangipaniblüten. Die Bäume rauschen, und manchmal hört man von weit her auch das Meer.

Kaum bin ich ein wenig eingenickt, lässt mich ein Schatten zusammenzucken. Jemand steht mir in der Sonne.

Simon!

Ich stehe auf, und wir halten uns fest in den Armen, küssen uns, nehmen uns gegenseitig fast die Luft.

Yes, we can!

Jetzt und hier.

Wir brauchen keine großen Worte. Wir gehen in mein Schlafzimmer, schließen Türen und Vorhänge und lieben uns zärtlich und voller Leidenschaft. Sein Körper, seine Nähe sind mir vertraut. Es ist ein Wiedersehen, Wiederfinden, Wiedervereinigen. Wie ein klärendes Gewitter, als unsere Leidenschaft explodiert.

Ich weiß es jetzt, es ist alles ganz klar: Yes, we can!

Wir sind wieder ein Paar.

Gemüsesuppe hin oder her.

Eine Weile liegen wir noch da, verschwitzt und aufgelöst, ein bisschen schwindlig vor Glück.

»Ich liebe dich«, sagt Simon.

»Ich liebe dich«, antworte ich.

Jetzt sind die Würfel gefallen: Ich bleibe hier. Diese Entscheidung habe ich soeben getroffen.

Was ist das Schlimmste, was passieren kann? Wenn Jan gelähmt bliebe, bräuchten wir hier eine Pflegerin. Er würde sich wahrscheinlich dennoch ein wenig um die Gäste und das Personal kümmern können. Und ich würde viel mehr Safaris und Ausflüge machen müssen als früher, die Leute vom Flughafen abholen und so weiter. Oder wir müssten mit anderen Organisationen zusammenarbeiten, die Safaris und Transporte organisieren. Das klingt anstrengend, aber machbar. Und was würde ich auch sonst tun? Mich verabschieden und Jan seinem Schicksal überlassen? Könnte ich das wirklich? Nein.

»Ich werde jetzt das Gras mähen«, sagt Simon nach einer Weile. »Später mache ich auf dem Gemeinschaftsplatz ein schönes Feuer. Ist das okay, Boss?«

»Das ist ausgezeichnet. So etwas kannst du?«

Simon lacht nur.

»Ich bin ein Kenianer«, sagt er stolz. »Ich kann sogar Elefanten schnitzen.«

Stimmt.

»Wirst du auch hierbleiben, oder gehst du wieder weg, sobald ich mich hier eingerichtet habe?«

Ich halte fast den Atem an ob des Schwergewichts dieser Frage.

»Ich bleibe. Du bist hier, und meine Heimat ist hier. Wieso sollte ich noch einmal gehen? Ich brauchte nur eine Weile, um das zu erkennen.«

Sein warmer Kuss ist ein Versprechen.

Es ist einfach nur schön.

Simon, Mama und Lorenzo arbeiten.

Ich stehe in der Küche und bereite langsam das Abendessen vor. Zwischendurch rennen ein paar Kinder durch den Garten, und ich sehe Simon mit ihnen herumalbern. Irgendwann sind sie wieder hinter Lorenzo her, weil der ja mit ihnen Fußball gespielt hat.

Abends sitzen wir zuerst auf der Veranda. Mein Essen ist gar nicht so schlecht gelungen, und wir unterhalten uns großartig, lachen und scherzen in bester Stimmung. Später setzen wir uns ans Feuer und trinken Bier oder Kenya Gold. Über uns leuchtet der Sternenhimmel mit sich selbst um die Wette. Erst um Mitternacht gehen wir ins Bett. Dass ich meines mit Simon teilen darf, gerade heute, ist ein besonderes Geschenk. Ich fühle mich keine Sekunde lang unsicher, dabei haben wir jetzt nicht einmal Nachtwächter. Nein, ich fühle mich geborgen und schlafe tief und traumlos in Simons Armen.

Als ich um fünf Uhr erwache, weil der Betruf aus der Moschee erklingt, kann ich es fast nicht glauben. Nein, es ist kein Traum. Ich bin wieder hier. Dem

Aufruf zum Gebet folge ich gerne. Ich danke meinem Gott für diese Gnade, für mein Glück, mein Kenia.

Ein heftiger Regen beginnt, und darüber freut man sich in Afrika. Regen ist ein Segen auf diesem Kontinent.

Vielleicht ein Zeichen?

Eine Weile lausche ich einfach nur dem Rauschen des Regens.

Mama und Lorenzo schlafen noch, als ich Simon zur Arbeit bringe. Ich bin noch nicht fünf Minuten wieder zurück, da ruft er mich an.

»Anita, du musst sofort kommen, dringend. Es ist wegen Jan.«

Ich bin erschüttert. Die ganze Zeit hatte ich mir Gedanken wegen seiner Lähmung gemacht, aber nie in Erwägung gezogen, dass es auch noch andere Komplikationen geben könnte, dass er vielleicht sogar sterben könnte. Ich habe ein schlechtes Gewissen. Nur an mich habe ich gedacht und ob ich wieder hier leben könnte.

Aber Jan gehört hier ganz klar dazu.

Und ihm gehört alles.

Mein Traum ist nichts als eine Seifenblase, die jederzeit platzen kann. Mein Traum ist zerbrechlicher als Glas, kaum ein Schimmern. Mein Traum ist ein Nichts, eine Illusion.

Ich rase zum Spital, so schnell ich kann. Ich renne durch die Gänge, als könnte ich so sein Leben retten.

Eine Krankenschwester und Simon stehen an Jans Bett. Auch die anderen Patienten schauen nur auf Jan.

Die Lage muss also ernst sein. Aber ernst sehen die alle gar nicht aus. Nicht einmal Jan. Im Gegenteil.

Wollen die mich auf den Arm nehmen?

Ich habe mich abgehetzt unter Lebensgefahr.

Und was finde ich hier vor?

Alle lachen mich aus, sehen die Panik, die mich hierhergetrieben hat.

»Schau mal!«, sagt Jan vergnügt und zeigt auf seine Füße.

Und tatsächlich: Er kann seine Zehen bewegen! Er bewegt seine Zehen! Seine Zehen können sich tatsächlich bewegen!

»Ich dachte, das müsstest du sofort sehen«, lacht Simon, und sein Lachen ist breit und groß.

Noch nie wurden Zehen so eingehend bewundert und bestaunt und gefeiert. Gerne hätte ich eine Champagnerflasche geköpft und sie damit begossen. Ich fühle mich selber an wie Champagner. Es prickelt so herrlich, dieses Glücksgefühl in mir.

»Er wird es schaffen. Ihr braucht nur Geduld«, sagt Simon später draußen auf dem Gang. »Ich werde euch helfen. Er wird viel Therapie brauchen. Du musst den Pool wieder in Ordnung bringen. Im Wasser wird er gut trainieren können.«

Ich küsse meinen Retter, meinen Helden, meinen Beschützer, meinen Geliebten.

»Ich bleibe jetzt in Matuga oben. Du weißt, Simon, du bist jederzeit willkommen«, sage ich und verabschiede mich.

Wir sind eine Gemüsesuppe.

Und wir sind Champagner.

Das Leben ist schön.

Yes, we can.

Mama, Lorenzo und ich holen alle unsere Sachen aus dem Hotel. Wir lassen uns in den Amani Houses nieder. Und das spricht sich in Windeseile herum. Unser ehemaliges Personal taucht nach und nach wieder auf, oder wenn einer bereits eine neue Stelle hat, schickt er einen Ersatz zum Vorstellen. Sogar Gladys, meine Freundin und Köchin, die weit weg von hier lebt, steht plötzlich wieder auf der Matte. Was für eine Freude und Erleichterung!

Kisavi, unser Freund aus der Wäscherei, kommt vorbei und freut sich mit uns.

Lorenzo fährt jeden Tag mit mir durch die Gegend, auf der Suche nach einem Auto, das er mir kaufen will. Autos sind leider auch in Kenia sehr teuer und oft in katastrophalem Zustand. Ich aber brauche ein zuverlässiges Modell. Als wir eines finden, das man auch für Safaris brauchen kann, einen schnittigen Geländewagen, gebraucht, aber in gutem Zustand, zahlt Lorenzo, ohne mit der Wimper zu zucken.

»Das ist mein Einsatz«, sagt er und lacht. »Ich wollte schon immer mal ein Auto haben. Ich hatte noch nie eines.«

Es ist eine gute Zeit, voller Aufbruch, voller Freude. Jan macht Fortschritte, und Simon redet schon davon, ihn bald nach Matuga mitzubringen. Ja, auch Simon ist mit Sack und Pack ins Haupthaus eingezogen. Wir haben ein paar Dinge geändert. So wohne ich jetzt mit Simon im oberen Stock, und Jan muss keine steile Treppe mehr bezwingen, wenn er heimkommt. Außerdem kann er in seinem neuen Zimmer im Bett liegen, aber bei geöffneten Schiebetüren doch am Geschehen auf der Veranda teilnehmen. Er macht ja ohnehin schon erste Schritte, wenn auch sehr wackelig und noch ohne Kraft.

Natürlich vergesse ich auch Mary in Waa nicht und lasse meinen Gärtner eine Wagenladung voller Pflanzen bei ihr kaufen. Ich nehme mir vor, in Zukunft immer mit ihr zusammenzuarbeiten.

Mama und Lorenzo müssen irgendwann anfangen, die Tage zu zählen. Das tut weh. Aber ich weiß, sie werden wiederkommen. Ich werde hier in Kenia nicht mehr auf Besuch von zu Hause verzichten müssen.

Sogar Tessa hat einen längeren Aufenthalt angekündigt. Sie will eine ganze Serie Afrika-Bilder malen.

»Da werden einige erschrecken, wenn ich plötzlich keine weinenden Menschen mehr male, sondern glückliche. Aber Afrikaner. Und jedem Journalisten werde ich von Matuga erzählen«, schwärmt sie schon im Voraus.

Es ist, als wollten uns alle helfen. Jeder auf seine Weise. Das tut so gut.

Am letzten Abend vor dem Abflug feiern wir Mamas Geburtstag. Wir laden das Dorf dazu ein. Ein paar Frauen kommen schon am Nachmittag und helfen beim Kochen und Vorbereiten. Es gibt Chapati, eine Art Fladen, Ugali, ein Maisbrei, und dazu viel Soße mit viel Bohnen und wenig Ziegenfleisch drin. Schon beim Kochen wird gefeiert und gelacht und geschwatzt.

Wir haben früher jedes Jahr ein oder zwei solche Feste gefeiert. Wir wollten damit auch den Zusammenhalt im und zum Dorf stärken.

Die Gärtner schmücken das Eingangstor mit Blumengirlanden. Auf unserem Gemeinschaftsplatz legen wir geflochtene Sisalmatten aus, denn wir haben natürlich nicht so viele Sitzgelegenheiten.

Lorenzo macht ein Feuer.

Als es dunkel wird, kommen die Gäste nach und nach. Sie tragen ihre schönsten und buntesten Kleider. Einige bringen Geschenke mit und betonen wieder und wieder, dass sie froh sind, uns hier zu haben. Wir bekommen schon unsere ersten zwei Hühner, die sofort herumrennen und sich ihr neues Zuhause anschauen.

»Wir brauchen dringend ein Hühnerhaus!«, sage ich zu Lorenzo, und er bedauert es sehr, schon abreisen zu müssen.

Auch Jebet kommt mit ihrer Familie zu Besuch. Ihr Geschenk ist ein kleines, warmes Bündel, das sie mir in den Schoß legt.

Oh! Ich bin gerührt. Da liegt ein süßes Hundebaby mit einem herzigen Gesicht. Große Augen schauen mich an.

»Dein erster Wachhund«, sagt Jebet, und ihre ganze Familie beobachtet gespannt meine Reaktion. Ach Gott! Das Tierchen sieht aber gar nicht aus, als würde es für mich einen Drachen töten. Vielmehr scheint es noch auf meinen Schutz angewiesen zu sein. Ich streichle behutsam über sein weiches Fell und spüre sein pochendes Herz. Natürlich nehme ich das Geschenk gerne an. Ich freue mich wirklich. Ich kann hier jeden Freund gebrauchen. Und aus dem kleinen Wurm wird ja vielleicht eines Tages eine gefährliche Bestie, die sich mit jedem Feind gnadenlos anlegt. Vielleicht in hundert Jahren?

Jebet bietet mir an, für den Rest des Abends auf meinen Hund aufzupassen. Aber sie besteht darauf, dass er zuerst einmal einen Namen brauche.

»Amani«, sage ich spontan. Jetzt habe ich ihn also offiziell angenommen. Amani, der erste Wachhund unserer Anlage.

Ach, heute ist mein Herz wirklich froh.

Dann erklingt ein Raunen in der Runde: Die Dorfältesten sind gekommen. Jetzt bin ich aufgeregt. Simon ist nicht hier. Jan ist nicht hier. Diese Begegnung ist wichtig, und ich weiß nicht, wie ich mit diesen Männern umgehen muss. Das sind alte Muslime, wichtige Männer, und ich bin eine Schweizer Frau. Ich will keinen Fehler machen.

Meine Angestellten helfen mir. Sie holen die besten Stühle herbei, und die vier Männer lassen sich von mir Tee servieren. Sie essen auch etwas Ugali.

Dann steht ein Alter auf und hält eine Ansprache, von der ich nichts verstehe. Kisavi übersetzt für uns.

»Wir freuen uns, dass ihr wieder da seid. Wir haben erst spät erfahren, dass ihr überfallen worden seid. Das tut uns leid, und wir garantieren euch, dass es niemand aus dem Dorf war, denn wir schätzen eure Anwesenheit. Wir werden in den nächsten Tagen einen Wunderheiler vorbeischicken, der hier eine kleine Schutzzeremonie abhalten wird. Ihr werdet also nicht nur unter unserem Schutz stehen, sondern auch unter dem der Geister. Aber auch wir werden in Zukunft immer unsere Augen offen halten und auf euch aufpassen. Wir wünschen euch Frieden und Glück.«

Die Männer gehen wieder, unter großem Applaus aller Anwesenden.

Den Schutz der Geister nehme ich gerne an. Zusätzlich werde ich noch mit dem hier ansässigen professionellen Sicherheitsdienst Kontakt aufnehmen, den mir Kisavi empfohlen hat.

Sicher ist sicher.

Noch sicherer ist noch sicherer.

Wir sitzen also am Feuer, feiern, reden, lachen. Die Kinder rennen um uns herum.

Warum ist Simon noch immer nicht hier?

Er wird doch nicht wieder auf einen anderen Kontinent ausgewandert sein?

Es gibt ein riesiges Hallo unter den Gästen, als Simon ankommt, denn er hat Jan dabei. Dieser geht an ziemlich abenteuerlichen Krücken, muss sich nach jedem Schritt ausruhen, aber er strahlt, und seine Lebensgeister sind wieder erwacht. Sofort wollen ihm alle zu Hilfe kommen. Unsere Gärtner packen ihn sich einfach auf die Schultern und tragen ihn zum Feuer.

Was für ein Fest!

Die Kinder rennen ins Haupthaus und kommen mit Jans Gitarre zurück.

»Bitte spiel etwas für uns«, betteln sie.

Ich kann nur lachend den Kopf schütteln. Genau das hat uns heute noch gefehlt: Holländische Schunkellieder. Aber nein, heute singt Jan in Suaheli, und die Einheimischen kennen das Lied. Es ist ein Chor aus vielen Stimmen, der sich nun erhebt:

Jambo, jambo Bwana, Habari gani, Mzuri sana,
Wageni mwakaribishwa. Kenya yetu:
Hakuna matata.

Es ist ein Begrüßungslied an die Fremden.

Ihr Fremde seid willkommen.
Hier in Kenya gibt es keine Probleme.
Hakuna matata: No problem.

Viele singen falsch, dafür laut und fröhlich. Auch Simon und ich singen mit. Tränen stehlen sich in meine Augen. Simon küsst sie weg. Der Moment ist so schön, man müsste ihn festhalten können, verlängern, konservieren. Aber ich sehe auch die Chance, noch viele solcher Momente hier erleben zu können.

Nach einer Weile verstecken Simon und ich uns vor dem Trubel und finden ein ungestörtes Plätzchen hinter dem gelben Oleander, der nur abends so wunderbar duftet. Wir nehmen uns in die Arme und halten uns ganz fest.

Ich glaube, alles wird gut.

Wir sind Gemüsesuppe und Champagner.

Wir lieben uns.

Hakuna matata.

Yes, we can!

Kenia ist meine zweite Heimat und inspiriert mich. Wer Kenia kennenlernen möchte, dem empfehle ich:
www.africanfootprints.de

Und besuchen Sie mich gern auf meiner Homepage:
www.blancaimboden.ch

Antje Steinhäuser, München, danke ich für die gute Zusammenarbeit.

Emma Temple

Der Tanz des Maori

Roman. 480 Seiten.
Piper Taschenbuch

Seltsame Träume plagen Sina, seit sie in Neuseeland angekommen ist: Jede Nacht erscheint ihr ein tanzender Maori. Als sie in einem alten Fotoalbum das Bild einer Frau entdeckt, die ihr bis aufs Haar gleicht, ist sie schockiert: Wer war die mysteriöse Unbekannte, die Anfang des Jahrhunderts hier lebte? Erst, als sich Sina in Brandon verliebt und alle Zeichen gegen ihre Liebe stehen, beginnt sie zu ahnen, dass sie das letzte Glied in einer langen Kette miteinander verbundener Schicksale zu sein scheint …

05/2612/01/L

Horacio Vázquez-Rial

Tango, der dein Herz verbrennt

Roman. Aus dem argentinischen Spanisch von Petra Zickmann und Manel Pérez Espejo. 640 Seiten.
Piper Taschenbuch

Wie die sehnsuchtsvollen Klänge der Bandoneons läßt Horacio Vázquez-Rial die faszinierende Metropole Buenos Aires im Rahmen einer atemberaubenden Familiengeschichte neu erstehen. In kraftvollen Bildern erzählt er von der Ära des Aufbruchs in der Geburtsstadt des Tango, als alles möglich erschien.

»Horacio Vázquez-Rial erzählt eine opulente Familiensaga, die zur Liebeserklärung an Buenos Aires gerät. Seine Helden, die trotz der Verbindungen zur Unterwelt ihr Herz auf dem rechten Fleck haben, werden hin- und hergerissen zwischen Liebe und Leiden, Lust und Tod, Laster und Moral.«
Welt kompakt

05/2568/01/R